金庸的江湖師友——學界通人篇

心一堂 金庸學研究叢書 蔣連根系列

蔣連根著

Sunyata

書名：金庸的江湖師友——學界通人篇
系列：心一堂　金庸學研究叢書
作者：蔣連根
責任編輯：心一堂金庸學研究叢書編輯室
封面設計：陳劍聰

出版：心一堂有限公司
通訊地址：香港九龍旺角彌敦道610號荷李活商業中心十八樓05-06室
深港讀者服務中心：中國深圳市羅湖區立新路六號羅湖商業大厦負一層008室
電話號碼：（852）90277110
網址：publish.sunyata.cc
電郵：sunyatabook@gmail.com
網店：http://book.sunyata.cc
淘宝店地址：https://shop210782774.taobao.com
微店地址：https://weidian.com/s/1212826297
臉書：https://www.facebook.com/sunyatabook
讀者論壇：http://bbs.sunyata.cc

版次：二零二一年一月初版

平裝

定價：港幣　一百四十八元正
新台幣　五百九十八元正

國際書號　978-988-8583-34-8

香港發行：香港聯合書刊物流有限公司
香港新界大埔汀麗路36號中華商務印刷大廈3樓
電話號碼：（852）2150-2100　傳真號碼：（852）2407-3062
電郵：info@suplogistics.com.hk

台灣發行：秀威資訊科技股份有限公司
地址：台灣台北市內湖區瑞光路七十六巷六十五號一樓
電話號碼：+886-2-2796-3638　傳真號碼：+886-2-2796-1377
網絡書店：www.bodbooks.com.tw
台灣秀威讀者服務中心：
地址：台灣台北市中山區松江路二〇九號1樓
電話號碼：+886-2-2518-0207
傳真號碼：+886-2-2518-0778
網址：www.govbooks.com.tw

中國大陸發行 零售：深圳心一堂文化傳播有限公司
地址：深圳市羅湖區立新路六號羅湖商業大厦負一層008室
電話號碼：（86）0755-82224934

心一堂微店二維碼

心一堂淘寶店二維碼

目錄

總序 3
前言 7
「金庸小說研討會」的榮譽顧問
——語言學家季羨林 9
相識在機緣，相知於佛緣
——「鎮港之寶」饒宗頤 27
第一個讀金庸小說的科學家
——華人諾貝爾獎得主楊振寧 43
他首開金庸小說研究課
——北大教授嚴家炎 59
哥哥的學生有「金石姻緣」
——「紅學」專家馮其庸 79

他比我這個「大教授」高一輩
——著名經濟學家張五常 97

父女仨都是「金庸迷」
——客席研究教授劉再復 119

讀不進去魯迅就讀金庸
——魯迅研究專家錢理群 137

校園俠客研究「刀光劍影」
——學界獨行俠陳平原 155

不曾識面早相知
——日本作家池田大作 173

跋 黃婷 193

總序

《詩經》寫道：「嚶其鳴矣，求其友聲。」鳥兒呼叫也是在尋找友誼，何況人呢！何為「朋友」？就是「同門曰朋，同志曰友；朋友聚居，講習道義」。

莊子講過一則寓言：有兩條魚生活在大海裡，某日，被海水沖到一個淺淺的水溝，只能相互把自己嘴裡的泡沫餵到對方嘴裡生存，這就是成語「相濡以沫」的由來，指的是「少年夫妻老來伴」的夫妻。但是，莊子說，這樣的生活並不是最正常最真實也最無奈的，真實的情況是，海水終於要漫上來，兩條魚也終於要回到屬於它們自己的天地，最後，他們要相忘於江湖。

相忘於江湖，江湖之遠之大，何處是歸處和依靠？人在江湖，總會有許多的無奈、寂寞、冷清。金庸說：「友情是我生命中一種重要之極的寶貴感情。」人生在世，總要或多或少地依靠來自自身以外的各種幫助——父母的養育、師長的教誨、朋友的關愛、社會的鼓勵……所「依」甚廣，所「靠」甚多。

在金庸生命的各個時期，他的身邊總是圍繞着一群人，一群愛他敬他，願意為他無私奉獻，助他一臂之力，在他需要時挺身而出，替他掃平障礙或是進行善後工作的朋友。若是沒有這樣一群鐵桿朋友在身邊，恐怕這個大俠必定當得十分吃力。所以說，金庸的生命離不開他的朋友圈，是一群朋友在背後默默支持他，才讓他成為大俠，在人前光鮮亮麗受人尊重，令人敬仰。也正是這樣一種深厚的情義，才襯托出了大俠的光輝形象。

二十世紀五十年代，在受殖民統治的香港，金庸虛實相間的新派武俠小說大大拓展了香港人閱讀的想像空間，縱深了歷史記憶。武俠行蹤在江南、中原、塞外、大理國、帝都之間鋪展游移；小說裡的人物與思想，在朝與野、涉政與隱退、向心與離心、順從與背叛、大義與私情之間尋求着平衡，思考着普遍的人性和古代歷史的規律。種種時局的因緣際會，在向來被視為「文化沙漠」的香港，開出了一朵絢爛的花。挾一腔豪情，聚千古江山。金庸創造的武俠世界氣勢恢宏、波瀾壯闊，布衣英雄熱血肝膽，重情重義，為國為民，震撼人心！他用豐富的學識和深厚的文化修養，宏大的氣魄和嫻熟的筆法，融歷史傳奇故事，寫華語文化傳奇！讀過金庸作品的人，肯定會在其刀光劍影中體會到友情的濃烈。金庸以生花妙筆描寫了人與人的形形色色的友情，那些路見不平拔刀相助、不打不相識、點頭之交、生死相許、忘年之交、超越性別的知己之交、危難之中的莫逆之交……無一不讓我們深深感動並心嚮往之。那些真情，在關鍵時刻經受住了考驗，變得更加堅不可摧，固若金湯，在經歷了劫難的洗禮後煥發出了人性高潔的光芒。

金庸的武俠小說為什麼能在華人中流行這麼廣泛，影響這麼深遠？究其根本，情節和歷史圖景是一回事，更深層的原因是金庸的武俠小說突出了一個乃至中華民族最關鍵的問題，那就是友誼的最核心問題——義氣！從生死相依到共創江山，從書劍恩仇到武林劍嘯時的惺惺相惜、傾囊相授，這種坦蕩和崇高，讓人看了熱血沸騰，這就是友情加上重義。金庸採取了一個完全不同的角度，他把負面化為正面，他寫神州大地的萬里河山，英雄人物任意馳騁其間，與天下豪傑互相結交，氣味相投，便成莫逆，一同出生入死，共謀大事。生活多麼自由，人生多麼豐富，只要朋友之間有情有義，世上的艱難險詐又有什麼可怕之處？

金庸說：「現在中國最缺乏的就是俠義精神。每個人，都是作為歷史長河中的一名過客，有個小朋友問我，來生願意做男人還是做女人，做郭靖還是做黃蓉？我說，不論做男人也好，做女人也好，都要做一個好人。我的所有作品都是宣揚俠義精神的，本意基本與打打殺殺的『武』無關……我主張現代人學俠義二字，是補課，是主張勇於承擔責任，擁有快意人生。俠義真的是個很遠大很美麗的世界。」「我喜歡那些英雄，不僅僅在口頭上講俠義，而且在遇到困難、危險的時候能夠挺身而出，而不是遇到危險就往後跑，我自己正是這樣努力去做的。遠離危險、躲在後面，這樣卑鄙的人在現實生活中卻有很多。」

金庸在台北參加遠流三十周年的演講時說：「台灣流行崇拜關公，關公的武藝高強沒有話說，但他真正受人崇拜，還在於他講義氣，所以民間社會稱他關公，他的地位和帝王爺同高。義氣在中國社會中是相當重要的品德，外國人和親朋好友講LOVE，中國人講情之外，還講義，所以要有情有義，單單有情是不行的。做生意談不成，沒關係，彼此之間的『義』還是在的，所謂『買賣不成仁義在』。武俠小說不管任何情況，這個『義』是始終維持的，歷史人物或武俠人物，『義』都是很重要的批評標準。」

很多看過金庸小說的人都喜歡去猜測，金庸最像他眾多小說主角的哪一個，是憨厚木訥的郭靖，是飛揚跳脫的楊過，是豪情萬丈的蕭峰，是優柔寡斷的張無忌，還是乖覺油滑的韋小寶……其實，任何一位小說主人公都只是金庸性格的一部分。知遇而知己，是金庸性格的體現。金庸雖然多次老實坦白自己與書中男主角並不相像，「我肯定不是喬峰，也不是陳家洛，更不是韋小寶」，但愛交朋友這一點，倒是毫無二致的。金庸大名滿天下，金庸朋友也是滿天下。

每個人背後都有他的故事，金庸寫的故事已家喻戶曉，而他自己和朋友們的故事，跟他的武俠小說一樣引人入勝。

這就是金庸自個兒的江湖：老師和朋友。——金庸的江湖師友

前言

金庸武俠小說是愛交朋友的人的小說，友情是金庸的骨幹，愛情只是點綴。金庸再三指出，他的小說的重心是「男子與男子之間」的友情而不是愛情，實在是很有意義的。每個人都需要朋友；缺乏家庭生活的人更加需要朋友；缺乏家庭生活而又活在不安定的環境、不熟悉的社會之中的人怎樣需要朋友，就可想而知了。

《明報》時期的金庸，一手辦報紙，一手寫小說，達到了人生、事業的巔峰，這個時候的他，朋友圈幾乎將港台文化圈名流一網打盡，一直延伸到了大陸乃至全球華人文化圈。從《明報月刊》的部分顧問名單中就可窺見一二：饒宗頤、季羨林、楊振寧、劉再復、馮其庸、張五常、錢理群……金庸自己也在顧問之列，這是中國最一流的文化朋友圈。

金庸與他們有的幾十年交往，有的僅有一面之緣，如饒宗頤、季羨林……賢者之間的交情，平淡如水，不尚虛華，這種「君子之交」顯得難能可貴。

心一堂　金庸學研究叢書

8

「金庸小說研討會」的榮譽顧問
——語言學家季羨林

如果在二十世紀末，在北京大學，只要向任何一個人提問：「你喜歡讀什麼書？」他會毫不遲疑地告訴你：「《牛棚雜憶》。」如果再問他：「你最敬佩的北大教授是誰？」他同樣會毫不遲疑地回答說：「季羨林。」從香港來到北大訪問的金庸就曾這樣回答過提問。

季羨林說過，他需要老朋友，需要素心人。「在我為數不多的朋友裡，都是君子之交淡如水的。」季羨林和金庸「淡如水」的友誼，是兩位著名文化人之間的友誼，體現着一種沉重的文化承載，更反映了那個時代知識份子鮮活的文化靈魂和人格魅力。

（一）

季羨林比金庸大了十三歲。季羨林出生那一年，中國還有皇帝。宣統三年閏六月初八，即一九一一年八月二日，他生在山東省西部最窮的清平縣（今聊城臨清市）官莊村。

金庸初到香港在《大公報》謀職時，季羨林因為精通十二國語言，在語言學、文化學、歷史學、佛學、印度學和比較文學等方面都有很深的造詣，早已聲譽鵲起。他早年求學於德國哥廷根大學，學的是偏僻冷門的印度學，研究梵文、巴利文，歸國之後，在陳寅恪的推薦和當年北大代理校長傅斯年、文學院院長湯用彤等人的賞識下，季羨林被聘為北大教授，創建了北大東方語言文學系。當金庸開始寫作武俠小說並創辦《明報》時，季羨林正以中國文化使者的身份出訪印度、緬甸、東德、蘇聯、伊拉克、埃及、敘利亞等國家，他的學術成就最突出的表現在對中世紀印歐語言的研究上頗多建樹。

季羨林與金庸何時相識？怎麼相識？還沒有看到明確的記載。然而，兩位文化人之間的文字交往，早在二十世紀六七十年代就開始了。在不適宜的年代裡，季羨林寫了三篇紀念印度詩人泰戈爾的文章，在內地文壇均遭封殺，而金庸任總編輯的《明報月刊》卻最早予以刊登。

季羨林的這三篇文章究竟有什麼「犯禁」的問題不能在內地發表呢？說起來是一件令人啼笑皆非的事情。一九六一年是泰戈爾誕生一百周年，各國都開展了紀念活動。人民文學出版社也出版了一套十卷本的《泰戈爾作品集》。季羨林參加了這項工作。同時，他在半年間寫了《泰戈爾與中國》、《印度文學在中國》、《泰戈爾的生平、思想和創作》三篇長文，介紹了印度大詩人泰戈爾的作品對中國作家的影響，還介紹了泰戈爾一九二四年訪華的盛況，對泰戈爾的思想和作品進行了詳盡的分析，並且提出了自己的看法。然而，在那個極「左」思潮泛濫的年代，正是階級鬥爭要天天講、月月講、年年講的時候，報刊上每天都在大張旗鼓地批判「資產階級人性論、人道主義」，而在泰戈爾的作品中，除了有反帝反殖的「金剛怒目」的一面，還有讚揚母愛、童心、人類之愛的「菩薩慈眉」的一面。季羨林寫文章宣揚泰戈爾自然是「犯禁」了。①

還有一個更敏感的問題，也妨礙了季羨林文章的發表。就是泰戈爾一九二四年訪華這件事跟金庸的表哥徐志摩有關。一九二四年四月十二日，印度著名詩人、諾貝爾文學獎獲得者泰戈爾應北京大學之邀來華講學並訪問，作為翻譯的徐志摩一直陪伴在他身邊，兩人結成了忘年交，徐志摩寫有《泰戈爾來華》、《泰戈爾》等散文。後來，徐志摩更引借「新月」的含義，將自己主持的詩社和詩刊命名為「新月」，泰戈爾出版有詩集《新月集》。然而，一九二四年我國文壇上正在開展一場所謂「兩個文化陣營的鬥爭」。「新文化陣營」指左翼作家，「舊文化陣營」則指胡適、徐志摩等「右翼文人」。一些左翼作家曾著文委婉地批評泰戈爾的思想和作品，金庸的表哥徐志摩因為寫了《泰戈爾》一文也被魯迅諷刺了一番。六十年代初，泰戈爾訪華時對立兩派的代表人物大都健在，作為「新月派」代表人物的徐志摩正遭遇着批判，而季羨林文章的一個重要內容便

① 班固志《季羨林與泰戈爾》，《南亞研究》，二〇〇八年第一期。

是介紹和評論泰戈爾訪華這件事。這樣一來，季羨林的文章遭到「封殺」，也就順理成章了。

最早讓「被斃」三篇文章「復活」的人是金庸，而牽線人則是季羨林和金庸共同的朋友饒宗頤。饒宗頤比季羨林年幼六歲，是廣東潮州人，一九四九年移居香港，在香港大學中文系任教授，於考古、甲骨文、金石簡帛、敦煌學、詩詞書畫等領域均有卓越建樹，被視為一位百科全書式的學者。饒宗頤與季羨林相識數十年，兩人在語言學、中西文化交流等方面研究頗有交集，惺惺相惜，「北季南饒」已成學界佳話。季羨林說他「心目中的大師就是饒宗頤」，金庸說「有了饒宗頤，香港就不是文化沙漠」。一九六五年一月，《明報》旗下的《明報月刊》創刊，金庸親任總編輯，向饒宗頤組稿。饒宗頤在寫給季羨林的信中，介紹了金庸和《明報月刊》，並代為索取文稿。多年後的七十年代末，季羨林從「牛棚」回歸北大不久，將三篇與泰戈爾有關的文章寄給了饒宗頤，饒又轉遞給了金庸。

季羨林在給金庸的信中寫道：「我於一九二四年夏季在濟南首次目睹泰戈爾的風采。當時年齡幼小，還無從明白一位來自遙遠國度的詩人的意義，但卻出於好奇而前往講堂聆聽泰戈爾的演說。他的白發從前額兩側輕柔地垂下來，太陽穴下面的鬢發亦長似兩叢胡鬚，與他面頰上的鬍髭連為一體，一直延伸到他的長髯之中，所以他給當時還是一個少年的我留下了類似古代東方聖人的印象，在內心深處認識到泰戈爾是一個不同凡響的詩人和思想家。到了高中階段，我開始讀泰戈爾的作品，曾翻譯過泰戈爾的詩，還模仿泰戈爾的詩體寫過一些小詩。後來，我又走上研究印度語言、文化的道路，這使我對泰戈爾的思想和作品的理解，比一般人更為深刻。曾閱讀過泰戈爾的主要理論著作和作品，這不但是因為我喜歡讀泰戈爾的書，而且研究泰戈爾已經成為我的份內工作。」

季羨林作有八篇評述泰戈爾的長文，翻譯了《泰戈爾名作欣賞》等若干作品。

一九八〇年的第三號、第七號、第十一號《明報月刊》分別刊登這三篇文章。同年，《季羨林選集》由香港文學研究社出版，這三篇文章收入其中。①

一九八七年，七十六歲的季羨林應邀參加在香港中文大學舉行的「國際敦煌吐魯番學術討論會」。閑暇時，他特意赴金庸寓所拜訪。初次見面，時間很短。兩人由泰戈爾談及徐志摩、許國璋。季羨林說：「我交了一輩子朋友，其中有機遇，有偶合，有一見如故，有相對茫然。友誼的深厚並不與會面的時間長短成正比。往往有人相交數十年，甚至天天對坐辦公，但是感情總是如油投水，絕不會融洽。天天『今天天氣，哈，哈，哈！』天天像英國人所說的那樣，像一對豪猪，必須保持一定的距離，天天在演『三岔口』，到了成不了真正的朋友。反觀我同國璋兄的關係，情況卻

① 張曼菱《季羨林：「為自己不是右派而愧疚」》，《長江文藝》，二〇一六年第二十三期。

完全不同。我們並不在一個學校工作，見面的次數相對說來並不是太多。我們好像真是一見如故，一見傾心，沒有費多少周折。我們也都並沒有清晰地意識到，我們終於成了朋友，成了知己的朋友。」許國璋也是語言學家，跟金庸同為浙江海寧人，在北京外國語大學任教。

金庸也是個極重友情的人，他對季羨林說：「我的小說是講男人間的情誼，友誼對我來說是第一位的。」

季羨林和金庸不僅借鑑弘揚了泰戈爾的和諧思想和理想，而且賦予它們新的境界與意義。季羨林選擇散文作為自己發表見解和指導青年一代走上善與美之路，金庸則通過武俠小說這一媒介宣揚「俠之大者，為國為民」的民族道義，兩人同時既有慈悲菩薩的一面，又有怒目金剛的一面。

（二）

一九九四年十月，北京大學授予金庸名譽教授。

金秋，金庸走進了位於北京大學朗潤園十三公寓的一幢老宅，季羨林在門口相迎。那天，黃了很久的銀杏葉，在颯颯秋風中蕭蕭而落，吹起老人滿頭白發。兩位老人各自撇開陪護，互相攙扶着走進寬大的堆滿書籍的書齋。

金庸是前一天到達北京的，得知北京大學唯一的終身教授季羡林住在朗潤園，便登門拜訪來了。這一年，季羡林主持校注的《大唐西域記校注》譯作《羅摩衍那》獲中國第一屆國家圖書獎；赴曼谷參加泰國華僑崇聖大學揭幕慶典，被聘為該校顧問；獲中國作家協會中外文學交流委員會頒發的「彩虹翻譯獎」；任《四庫全書存目叢書》主編纂；先後擔任《傳世藏書》、《百卷本中國歷史》等書主編。

落座後，金庸打聽起對方的童年往事——「聽說您出生在山東農村，小時候的生活十分艱苦。」

季羡林說：「我六歲離開山東農村老家官莊。祖父祖母死得早，父親兄弟三個，一個送人了。父親與叔叔相依為命，在家沒飯吃，就去棗林拾落在地上的棗吃。兄弟倆後來去濟南闖天下，混不下去又回到鄉下。再後來叔叔闖關東混得還是不好，買彩票卻中了獎，一下子暴富了，可沒多久就揮霍沒了。我就是在又窮了的時候出生的。」

按理說，大師的童年都風光無限，天賦高，家教好，成績優異，自有上天眷顧，人生就像開掛一樣。但季羡林不是，季羡林不但普通，甚至還有點笨。按季羡林的說法，他讀書時，就從未考過第一名，只是中上水平，甚至因為珠算打得不好，還挨了板子。挨板子就算了，還上課偷偷看小說。桌子上面擺着課本，桌子下面卻攤着小說，甚至連《金瓶梅》都拿來了，老師在上面苦口婆心，吐沫橫飛，季羨林卻直瞪着西門大官人的巫山雲雨而想入非非。難怪考試的時候，季羨林的數學只考了四分，原來都是《金瓶梅》給害的。

或許正是那種寬鬆的環境，不用為考試所累，才讓季羨林有更多的時間和機會，去培養自己的興趣與愛好，去挖掘那顆深藏內心的文化火種。

高中畢業後，季羨林考上了清華，選擇了最火的西洋文學系，並有幸結識了恩師朱光潛和陳寅恪。也正是陳寅恪，讓季羨林愛上了佛教史。一九四六年，留德十年的季羨林終於歸國，在恩師陳寅恪的推薦下，任教北京大學。恰巧遇到胡適和陳垣在論劍。幾十年後，胡適退隱台灣，曾跟手下的學生講：「做學問，應該像北京大學的季羨林那樣。」這句話算是對季羨林最好的總結了！

金庸說：「您在清華大學念書的時候，陳寅恪先生是您的老師。陳寅恪先生也是我崇拜的歷史學家，有一次到香港中文大學做報告，我說是陳寅恪先生的私淑弟子。」所謂「私淑弟子」，指的是「未能親自受業但敬仰其學術並尊之為師」。

季羨林接口說：「我是一九三〇年入清華西洋文學系，研習莎士比亞、歌德、塞萬提斯等西洋名家，此後到德國哥廷根大學，一頭鑽進了梵文、巴利文和吐火羅文的故紙堆，而這個轉變來自寅恪先生的影響。那是在清華時旁聽陳寅恪的佛經翻譯文學，漸漸地萌發了對佛學的興趣。說也巧，在哥廷根大學，我師從的瓦爾德・施米特教授，恰恰是陳寅恪在柏林大學攻讀時的同學。如果沒有陳寅恪先生的影響，我不會走上現在的這一條治學道路，也同樣來不了北大。他對我有提攜和知遇之恩。」

金庸特別崇尚陳寅恪的一句名言：「不求學位，只求學問。」後來，到劍橋讀書，他自稱「志在求學，而非為求學位」。有一年，他在天津觀看京劇匯演，見有一位「樣板戲」大師登台，金庸即時退場，對記者表示：「學問好不好不重要，人品要緊，要有風骨。『文革』時看到很多人向權勢跪下來磕頭，這種人學問再好也沒用。陳寅恪先生就講，做學問最重要的是人品，要講真話。」

季羨林的書齋很大，大小房間，加上過廳、封了頂的陽台，共有八個大小單元，藏書甚豐。書架上有一套北京三聯書店出版的《金庸作品集》，是金庸於兩個月前才寄贈給他的。

季羨林說自己也是個「武俠迷」，高中之前比較貪玩，喜歡看三俠五義等武打小說，希望成為綠林好漢，殺富濟貧。光看書不行，他還真練過。在裝滿綠豆的大缸裡插手，練了幾天，手都練出血來了；還練隔山打牛。他看得最多的是《水滸傳》、《三國演義》。後來金庸的小說出來了，他一本本地都翻看過。①

①《季羨林日記》，江西人民出版社，二〇一四年，第一卷第一八六頁。

由讀書談到了北大。季羨林說，從八十年代起，金庸小說一直是北京大學內持久不衰的熱門話題。許多北大學子不論文科、理科都對金庸小說如醉如癡。不僅學生愛讀金庸，許多教師包括一些著名教授也是「金庸迷」。中文系把金庸小說藝術的研究正式納入教學科研體系，在全國高校中率先開設了「金庸小說研究」選修課。一些教師每年都在校內外進行有關金庸小說的學術講座，相繼推出了一系列頗有學術分量的武俠小說研究與金庸小說研究論著，如陳平原教授的《千古文人俠客夢》、嚴家炎教授的《金庸小說論稿》等。這幾年，中文系每年都有不止一名畢業生以金庸小說研究作為畢業論文內容。

這次見面，兩人從中午聊到了晚上九點多，晚餐也是在書齋裡用的。

一九九九年春，金庸收到季羨林的簽名書，那是中共中央黨校出版社剛出版的《牛棚雜憶》一書。這是季羨林的「文革」回憶錄，以幽默甚至是調侃的筆調講述自己在「文革」中的不幸遭遇。此書對「文革」的殘酷性揭露得讓人不寒而慄。《牛棚雜憶》薄薄的一本，還不到二十萬字，與季羨林等身的著作相比，只能算「小菜一碟」。可是，該書出版以後，洛陽紙貴，引起巨大社會反響。一時間，京城內外，全國上下，出現了人人說「牛棚」的奇特社會現象。金庸很欣賞季羨林對「牛棚」一詞的發明。季羨林則說：「在北大，『牛棚』這個詞兒原來並不流行，叫做『勞改大院』，有時通俗化稱之為『黑幫大院』，含義完全是一樣的。」季羨林發明的「牛棚」一詞更生動，更具體，因而在老百姓嘴裡就流行了起來。

二〇〇〇年，印度總統 KR 納拉亞南訪問北京大學，向北京大學圖書館贈送泰戈爾半身銅像，季羨林應邀作為主賓出席儀式。一位記者得知季羨林和金庸、饒宗頤的文字因緣後，問季羨林：「香港是饒宗頤厲害，還是金庸厲害？」季羨林笑了笑，巧妙地回答：「唐代詩人有詩仙詩聖，我問你，究竟是詩仙李白厲害還是詩聖杜甫厲害？我可以告訴你，李白和杜甫兩個是好朋友，在詩壇上不分伯仲，只是風格不同。」[1]季羨林解釋說，金庸和饒宗頤，兩位同在香港，都是有大學問的學者，差異在於一個是研究學術，一個是文學創作，路子不同，自然就風格不同。一定要比較的話，金庸就像「李白」，饒宗頤好比「杜甫」，兩者有互補精神。季羨林是比較文學的倡導者，常拿古代詩人作比較。

二〇〇〇年十一月二日，金庸應邀參加由北京大學、香港作家聯會共同主辦的「北京金庸小說國際研討會」，季羨林擔任任這次會議的榮譽顧問。開幕式上，季羨林和金庸緊挨着坐在主席台上，受到了北大學子的格外關注，他倆的一顰一笑成為台下慕名趕來的學子們議論的話題。

研討會開了四天，金庸聽說了幾則故事。

[1] 唐師曾《季老往事》，新華社專稿，一九九五年八月二日。

一九三五年，季羨林來到德國哥廷根大學留學，房東女兒名叫伊姆加德，時年二十三歲。一九三七年，季羨林開始寫博士論文。論文在交給教授之前必須打印成稿，這可難住了季羨林，因他買不起打字機，更不會打字。幾天後，伊姆加德首次造訪季羨林：「我父親的工廠淘汰了一部打字機，而我正好想練習打字。」季羨林高興得跳了起來，他窘迫地問：「你不會要很高的報酬吧？我可是個窮學生。」伊姆加德笑了：「我要的報酬，是讓你陪我走遍哥廷根。」接下來的四年，季羨林在伊姆加德幫助下完成了數百萬字的論文集。一天，兩人相約去森林咖啡屋，伊姆加德突然問季羨林：「當我們七十歲時，你還會帶我來喝咖啡嗎？」季羨林立即明白了對方的愛意，低頭不語。

經過無數次痛苦的思量後，季羨林作出了選擇——回到中國去。那天凌晨三點，論文終於打完了，季羨林對伊姆加德說：「累了吧，讓我幫你揉揉肩。」他按在她雙肩的手有些顫抖：「我要離開了。我的祖國需要我。」伊姆加德哭着央求：「留在這裡好嗎？我也需要你！」季羨林仰起臉不讓淚水流出來，他痛苦地搖了搖頭：「我要回到祖國去。將來，一定會有一個比我更好的呵護你一生的男子出現的。」伊姆加德沒有再說什麼，然後在論文稿的最後打上了一行字：「一路平安！請不要忘記。」

二〇〇〇年，一位女導演拍攝季羨林傳記片，專程前往哥廷根打聽伊姆加德的下落。依然是那個地址，開門的是一位滿頭銀髮的婦人。她笑盈盈地向來客問好。女導演激動地問：「還記得六十多年前那個中國留學生嗎？」她遲疑片刻，潸然落淚：「是季羨林吧，我一直在等他。他還好嗎？」得知季羨林尚在人間，而且是德高望重的國學大師時，伊姆加德欣慰地笑了：「我一直在等他回來，我的手指依然勤快靈活呢，我還能打字！」

這是一個蕩氣迴腸感人肺腑的愛情故事。當金庸從季羨林口中得到證實，便脫口而出：「你做的比我寫的小說還美麗啊！為了等候您，這個德國女孩支付了一生的光陰和愛情。」

金庸在北大住了八天，與季羨林朝夕相處，有時一盞「泡子燈」照着兩人徹夜長談。

（三）

季羨林從二〇〇三年起長住北京三〇一醫院。二〇〇七年六月十八日上午，金庸前來探望。香港《明報月刊》報道說：「走進北京三〇一醫院的病房，第一個映入眼簾的，是一雙平擺在一張小矮桌子上潔白細緻的手。再往上移，見到的是仁慈、親切的臉孔，他的腰桿筆直地坐在木椅上，雖然已屆九十六歲高齡，但你感覺到他的靈魂是年輕的，他的思想是豐富的。」

有客人來，季羨林正襟危坐。提起武俠小說，兩人談興頗濃。

什麼是中國的俠呢?金庸說:「中國的『俠』,下面是兩撇,是兩個人在打架;路見不平,拔刀相助,在中國人看來天經地義。西方人不如此看,他們崇尚拳頭裡出真理,力大者為王。」季羨林是不贊成「弱肉強食」的。他說:「中國人的傳統美德之一就是助人為樂,路見不平,拔刀相助。故帶刀的人就不會是我們平常所講的白面書生,即帶刀就與武術有關,中國古書上常常有俠這個字,我想,俠就是帶刀的俠客。」①

季羨林的家鄉臨清,俠客很多,他們殺富濟貧,仗義執言,這種響馬的風格影響到季羨林的父親季嗣廉。其實,季嗣廉一輩子是農民,本來沒有見過什麼大世面,但是炫耀卻是天生的本事。他逢集必趕,到集上,他拿出錢來諭告:今天來趕集的午飯,我請了。集市搭了棚子,下雨天避雨,晴天在裡面唱戲。不僅本村的鄉里很多人吃過他的宴請,外村被請客的也不算少。他這一擲千金的風格,在綠林好漢那裡,有了「季七爺」的好名聲,屬於仗義疏財的人物,和「俠」同類。這樣,慕季嗣廉之名去趕集的人越來越多,他請客的範圍也越來越大。天長日久,手中積存的那點銀子不但全部花光,還欠了人家的錢。沒辦法,六十畝良田被一畝一畝地賣掉,房子整個地賣。季家的財富如同過眼烟雲,來得快,去得也快。

① 卞毓方《一位文化老人的「和諧觀」》,《人民日報》,二〇〇七年七月二十七日。

季嗣廉的俠氣遠近聞名，去世十多年以後，季羨林還從別人口中聽到了父親的俠名。季羨林說：「從中國文化的傳統來說，我們也是不講弱肉強食的。中國宋朝思想家張載在《西銘》中說：『民，吾同胞；物，吾與也。』民，都是我的同胞兄弟；物，包括植物都是我的伙伴。這就是中國的思想。」

在他看來，中國俠文化的精髓就是「和」。自古以來，中國人主張「和諧」，「禮之用，和為貴。先王之道，斯為美」。

季羨林說：「我們講和諧，不僅要人與人和諧，人與自然和諧，還要人內心和諧。」「關於和諧，我目前正在寫一篇文章，題目就叫《漫談和諧》，歲數大了，慢慢寫，不着急。」這些年來，「和諧」一直是他思考的話題。他十分推崇錢穆的「天人合一」觀，說：「我很喜歡陶淵明的四句詩，實際上這也是我人生的座右銘，即：『縱浪大化中，不喜亦不懼。應盡便須盡，無復獨多慮！』我覺得這首詩中就充分展現了順其自然的思想。我覺得『順其自然』最有道理，不能去征服自然，自然不能征服，只能天人合一。要跟自然講交情，講平等，講互相尊重，不要講征服，誰征服誰，都是不對的。」「我也喜歡金庸小說。在金庸的小說裡，大凡真正的大俠都有自己的獨門功夫，即便是本門派傳承下來的，到了大俠手裡也都有所發揚，比如令狐沖，比如張無忌，比如楊過，都是如此。用現在的話說，就是要有所創新。而這些真正創新的大俠，在過招之際又每每是手中有招，心中無招。」

聽說季羨林擔任二〇〇八年北京奧運會文化藝術顧問，金庸說：「奧運會在北京，作為東道主，我們要把中國文化中美好的一面向全世界充分展示出來。」

「是啊，這是一個擴大中國文化影響的絕好機會。辦好人文奧運，不是建幾座模仿外國的大樓，而是對中華民族文化的傳承和發揚。」季羨林說：「我建議在開幕式上將孔子『抬出來』，因為他是中國傳統文化的典型代表。」

下午，金庸來到北大，參加國學院成立日紀念活動，並作演講。一開口就說：「今天上午我去醫院探望了季羨林先生，我們談論了『俠』。……中國的學問博大精深，外國人不太懂，也不太重視我們。國學，就是中國的文化，中國的文化高深莫測，無窮無盡。對於幾千年來的文化積累，如果我們要用新的方法來研究，必然前途無窮。對於北大的學生，無論是學物理，還是學數學，多懂一點中國學問，一定會對將來的科學研究有很大的幫助。北大國學院是我衷心佩服的一個機構，它的發展必然很有前途，我也希望今後能到這裡來學習。」

北大國學院是在季羨林的主持下成立的。金庸很讚賞他的「大國學」觀點。季羨林認為：「今天我們所要振興的『國學』，絕非昔日『尊孔讀經』的代名詞或翻版，而是還中華民族歷史的全貌，真正繼承和發揚由生活在神州大地上的各民族共同創造的傳統學術文化。我們有絢麗多彩的地域文化，如齊魯、荊楚、三晉、吳越、巴蜀、燕趙、河隴、青藏、兩淮、新疆、草原等等；也有多民族文化交融風格鮮明的學問，如敦煌學、西夏學、藏學、龜茲學、回鶻學等等，也屬於國學。」①

二〇〇八年是奧運會來臨的年頭，紀念孔子誕辰二五五九年曲阜孔廟祭孔大典在孔廟大成殿隆重舉行。祭孔大典是二〇〇八國際孔子文化節中特色鮮明的核心活動，具有很強的感染力。祭孔大典的祭文出自金庸之手，可說是祭孔的一大亮點。

季羨林稱讚金庸的寫的祭文：「顯得深邃有力，表達了後世子孫對孔子的膜拜，不僅有虔誠，更有一份文化心靈上的感應。」②

曾有一名山東的學生向季羨林求教：「做學問可有捷徑？我的論文實在憋不出來了。」季羨林一聽，笑了：「論文豈是憋出來的？」然後補了句至理名言：「水喝多了，尿自然就有了！」話糙理不糙，尤其是出自季羨林之口，更多加了幾分趣味和深意。終其一生，季羨林能取得如此之高的地位，全在於他的獨門武學，「多喝水」。

季羨林被許多人尊奉為「國學大師」、「學界泰斗」、「國寶」。然而，他卻在《病榻雜記》

① 舒晉瑜《季羨林的國學觀》，《中華讀書報》，二〇一〇年九月二十九日。
② 胡洪林《金庸撰二〇〇八祭孔大典祭文》，《齊魯晚報》，二〇〇八年九月二十八日。

中寫道：「環顧左右，朋友中國學基礎勝於自己者，大有人在。我連『國學小師』都不夠，遑論『大師』！三頂冠一摘，還了我一個自由自在身。身上的泡沫洗掉了，露出了真面目，皆大歡喜。」

學術界的一名同行或出於嫉妒，或出於嘩眾取寵，竟公然挑衅道：「季羨林是個很弱很弱的教授，就是語文能力還不錯。別人全死光了，他還沒死，所以他就變成國學大師了！這三個桂冠，他都不及格，根本輪不到他！」

如此大不敬的言論在網絡上炒得沸沸揚揚，然而季羨林卻一笑而過，並未回應，可謂修「八風不動之身，足見其內心之泰然平和。

後來，王朔開罵「四大俗」懟金庸，金庸同樣坦然面對，「八風不動」，瞬間令他人的攻擊變得蒼白無力，彰顯了金庸淡泊名利的人生態度和豁達的心胸。

二〇〇九年七月十一日，季羨林在北京三〇一醫院辭世，享年九十八歲。

七月十四日，香港《明報》在金庸的授意下刊出署名文章《季羨林為什麼說他「不是大師」？》，說：

別人用加法來介入社會，老去的季羨林用的卻是減法，要把強壓在頭上的浮誇荒誕摘走，與其說是爭取個人心靈自由，不如說是欲對社會有所啟蒙。這才是季羨林的真精神、大精神。欲紀念季羨林，理當表揚和發揚其自重和進取精神於治學、做人、接物，皆如此，才是還其本來面目的正途與大道。

相識在機緣，相知於佛緣

——「鎮港之寶」饒宗頤

國學泰斗饒宗頤是金庸小說的讀者之一，他誇獎金庸：「身如芭蕉，心如蓮花。百節疏通，萬竅玲瓏。」

饒宗頤經常在《明報月刊》發表文章，是金庸親自選定的「大家堂」特邀作家之一。金庸嘆服饒宗頤的治學成就，說他是「最博學的香港人，有了饒宗頤，香港就不是文化沙漠」。

香港大學專門為饒宗頤建了「饒宗頤學術館」，並成立了「饒宗頤學術館之友」學術組織，金庸是成員之一。

浙江海寧博物館為金庸大家族修編《海寧查氏族譜》，饒宗頤欣然為這套族譜題簽。

二〇一八年二月六日凌晨，饒宗頤在香港逝世，享年一百零一歲。

（一）

一九五二年五月，饒宗頤受聘為香港大學中文系講師，接着擔任高級講師、教授。不久，金庸與他相識了。那會兒，金庸第二次戀愛，對象是香港大學中文系女學生朱露茜（朱枚）。朱露茜讀了《新晚報》上的連載小說《書劍恩仇錄》，着了迷，便給金庸寫信，金庸約見了她。臨近大學畢業，朱露茜在《商報》當了一名見習記者，經常與金庸見面。這些，她的老師饒宗頤卻一點也不知情。

直到第二年的五月一日，金庸與朱露茜結婚，饒宗頤應邀赴宴，這是他第一次與金庸見面，是在香港灣仔港灣道一號的君悦大酒店。饒宗頤生於一九一七年八月九日，比金庸大七歲。

婚後幾日，金庸夫婦拜訪饒宗頤。金庸說：「饒先生，您的治學之道博大精深，文史哲藝融會貫通，是一個『業精六學，才備九能』的全才，可是，我聽說您從來沒有上過大學，這是真的嗎？」

饒宗頤笑眯眯地答道：「從幼年起，我朝夕浸泡在天嘯樓讀書，家藏十萬部書，我究竟讀了多少，現在無法想起。這樣一來，上正規學校反成為副業，我總覺得學校裡老師講的，我早已知道。還有我喜歡無拘無束的學習環境，家學正適應我的學習特點，不上學也變成順其自然之事，父親也就同意了。」

即時，兩人一邊喝茶，一邊聊起童年求學的情景。

饒宗頤說：「我的老家在廣東省潮安縣。父親為我取名『宗頤』，是希望我效法北宋理學名家周敦頤。至於『選堂』是自己起的號，是我作書畫和題詞時落款用的，因為我讀書喜歡《文選》，繪畫喜歡錢選，還有道教的創世紀遺說『選擢種民留伏義』裡講到『選民』，我將這一個發現作個紀念，起號『選堂』。」饒家是清末民初潮安地區的首富，父親饒鍔畢業於上海法政學校，參加了「南社」，倡設國學會，是當地的名學者；伯父是名畫家，又是收藏家，收藏的拓本、古錢，數量多達數千種。家族濃厚的文化學術氛圍，為幼年的饒宗頤啟蒙心智、開闊視野，為他後來在學術與藝術天地縱橫馳騁提供了強大的原動力。

「父親對我的影響很大。我有五個基礎來自家學，一是家裡訓練我寫詩、填詞，還有寫駢文、散文；二是寫字畫畫；三是目錄學；四是儒、釋、道；五是乾嘉學派的治學方法。」饒宗頤說，他三歲讀杜甫《春夜喜雨》和周敦頤的《愛蓮說》；六歲開始練書法、學國畫；九歲已能閱讀《通鑑綱目》等古籍；十歲便能誦《史記》篇什，歷閱佛典經史和古代詩詞曲賦；十六歲已經出口成詩……

一九三二年，饒鍔病逝，留下《潮州藝文志》未完稿，饒宗頤繼承父志，用了兩年時間續成此書，刊於《嶺南學報》，於是一鳴驚人，從此嶄露頭角。二十三歲時，他受聘為中山大學研究員。「我是一個自學成才的人，賓四（錢穆）也是，不過他沒有我的條件好。其實陳寅老（陳寅恪）也是這樣，他到外國留學是遊學，隨便聽課，不一定註冊，不拿文憑。包括康有為、梁啟超、王國維、陳援庵也都是這個類型的，不受框框的約束干擾，自有發揮。」饒宗頤說。

金庸說：「我來香港多年，竟然不知道饒先生也來了，而且早就與香港結過緣了。」

饒宗頤說，家學是做學問的方便法門。要做成學問，「開竅」十分重要，如果有家學的話，由長輩引入門可以少走彎路。一九三八年廣州淪陷，中山大學遷往雲南澂江，途中，饒宗頤因病滯留香港，因禍得福，得到了兩個意想不到的機緣，一是協助王雲五編撰《中山大辭典》的書名辭條和編甲骨文的八角號碼，一是協助葉恭綽編《全清詞鈔》。王雲五和葉恭綽都是民國時期介於政治和學術之間的重要人物，又都是著名的藏書家。饒宗頤在協助他們編書的過程中，得以遍讀兩家的珍版藏書，得以「開竅」，為以後的學術發展開拓了一片新的廣闊天地。饒宗頤學術中的古文字學、甲骨學、詞學、敦煌學等學科的研究，都植根於這個時期。而饒宗頤從此也由一個研究鄉邦文獻的才子一躍而成為進入學術研究前沿的學者。

金庸笑說：「如果當初你去了雲南，就沒有你的今天了。」

「是啊，在一個關鍵時刻，也是老天有眼，我生了一場病，去不了雲南便離不了香港，得到了這個機會。這說明學問之事，也是有些機緣的，師友都是機緣。」

一九四一年，時局動蕩，日軍正在猛烈攻擊香港，淪陷的陰影籠罩着香港居民。饒宗頤回到潮州老家，編輯《潮州志》，後來到廣西，在內遷的無錫國專當了教員。

一九四九年初，饒宗頤為《潮州志》是否繼續編寫出版一事，專程赴香港諮商，在朋友的挽留下定居香港。香港是一個自由港，這樣的國際位置，使它成為全世界各色各樣的精英自由交流的一個勝地。饒宗頤也因此獲得了更多的機緣。

說起在香港大學教書，饒宗頤說，這是他整個學術生涯中一個最大的轉折點，他沒有學歷，沒有上過大學，完全是自學，而林仰山先生（時任香港大學中文系主任）有一雙慧眼，不拘一格請他到港大去教書，這個是非常了不得的事情。「港大給我一份薪水，還讓我做我喜歡的事，到港大之後眼界也開闊了，有機會接觸到世界的文化。」一九五四年他就開始出國了，在法國國家圖書館裡，饒宗頤第一次閱讀了原版敦煌經卷，想到當時中國的敦煌學已經落後於外國，他暗下決心，一定要好好研究，為國人爭一口氣。

「敦煌各種藝術，尤其是壁畫，是我最喜歡的，由於長期旅居海外，無條件來做長期考察，無法深入研究，只得就流落海外的遺物做不夠全面的局部探索。」饒宗頤說：「所謂敦煌學，從狹義來說，本來是專指莫高窟的塑像、壁畫與文書的研究，如果從廣義來說，應該指敦煌地區的歷史與文物的探究。漢代敦煌地區以河西四郡為中心，近年出土秦漢時期的簡冊為數十分豐富，尚有祁家灣的西晉十六國巨量陶瓶。所以廣義的敦煌研究應該推前，不單限於莫高窟的材料……」

告別時，金庸相約：「饒先生喜歡書畫，我也是，有一些收藏，您可來舍下一道欣賞。」

二十世紀五六十年代是饒宗頤學術上的丰收期，他先後完成了十幾種著作，其中《老子想爾注校箋》、《殷代貞卜人物通考》、《詞籍考》等是最重要的。一九六二年，法國法蘭西學院因饒宗頤在甲骨學方面的傑出貢獻而授予他「漢學儒蓮獎」，這個獎在漢學界非常有名，被稱為「國際漢學界的諾貝爾獎」。

饒宗頤對金庸說：「香港這個地方，從地圖上看，只是小小的點兒，但是它跟中國學術的關係實在是非常大的，跟我今天的成就也有非常大的關係。我經常說，是香港重新打造了一個饒宗頤。」

（二）

饒宗頤與金庸的交往，多與《明報月刊》有關。

《明報月刊》，在報界中簡稱「明月」，創辦人金庸後來回憶說：「當年下決心出版這本雜誌的時候，我是決定把性命送在這刊物上的。當時心裡只有一個念頭：人總是要死的，為了中國文化而死，做個讀書人，心安理得……」《明報月刊》於一九六六年元月創刊，金庸親任總編輯，邀全球華人文化界知名人士為顧問。當時，饒宗頤在法國研究敦煌寫卷，他收到了金庸聘請他為特約撰稿人的信函。

過不多久，饒宗頤前往莫高窟，自此與敦煌結緣。歸來了又去，一共去了三次。金庸問他緣何如此，他致信回答：「熟讀禪燈之文，於書畫關捩，自能參透，得活用之妙，以禪通藝，開無數法門。甲骨、詞史、目錄、楚辭、考古、金石、書畫等學相融貫通，若長河落日之景，須臾而永恆；若大漠孤狀，恍恍而緬邈。」

莫高窟別稱千佛洞，坐落在河西走廊西端，它始建於五湖十國時期，經北魏、西魏、隋、唐、五代直至宋、元，歷代增修。現存洞窟五十五十餘座，其中四百九十二座尤值稱道。饒宗頤有幸而覽，提筆作律詩一首《莫高窟題壁》，曰：「河湟入夢若懸旌，鐵馬堅冰紙上鳴。石窟春風香柳綠，他生願作寫經生。」也是機緣巧合，敦煌白描畫作中，竟然有一名繪者也名「宗頤」。

從敦煌歸來，他為《明報月刊》撰寫《禪窟——佛教聖地》一文，簡述他在莫高窟的所見所思：「禪窟，又稱毗訶羅式窟，源於印度，本是僧侶們坐禪修行的地方。在新疆地區、中原北方地區、西藏地區的石窟中均有禪窟。莫高窟南區現存有編號的禪窟三座。……莫高窟第二八五窟是保存最完好、壁畫繪製最精美的禪窟代表窟：方形覆斗頂窟形，西壁開三淺龕，中間塑主尊一身，兩側各塑一禪僧；南、北壁各開四個小禪室，洞窟中心有一低矮的小方台，其形制將禪修與殿堂及右旋禮儀的內容集於一窟之中。禪之被普遍採用作為人們生活的點綴品，有如中藥開方之配上甘草。詩人拿禪作他斷句的切玉刀，畫藝家建立他的畫禪室，禪被掛在人們的嘴邊，真的是所謂口頭禪、杜撰禪了。」①

饒宗頤與金庸在《明報月刊》上的文字交往，有太多相通甚至相同。「古人說讀萬卷書，行萬里路。一九六二年，我第一次跑去莫高窟，當時環境很艱苦，但是樂趣無窮，因為我親自印證了我所知道的東西，而且受此啟發，又有新的問題產生了。研究問題要窮其源，源清楚了，才能清楚流的脈絡。」饒宗頤說。

饒宗頤除了數度考察敦煌外，還考察了榆林壁畫及樓蘭、吐魯番等地木簡，故壘殘壁，流連忘返，著成《敦煌白畫》一書及一批敦煌學著作。著書之餘，他常有考據隨筆、考察小記和詩賦在「明月」上發表，如《題伍蠡甫長卷八段錦小景》、《浙東遊草》、《古村詞》、《宋元行吟圖題詩》、《雲

① 饒宗頤《禪窟——佛教聖地》，引自《明報：出入山河》，新星出版社，二〇〇八。

崗絕句》等。

一九七四年初，《明報月刊》總編輯胡菊人主掌「大家堂」，作為海外華人溝通心聲的一個橋樑。饒宗頤應金庸邀請擔任顧問和特邀作家。金庸說：「饒先生是國際公認的一代巨匠，港台學人視其為第一流國學大師、南派文化宗師。無論甲骨文、簡帛學、敦煌學、佛學、道學、史學、哲學、古文字學乃及印度梵學、西亞史詩、藝術史、音樂、詞學、書畫及理論，學無不涉，涉無不精。他史識高深，文辭透辟，筆墨精湛，學養殷實。有了饒宗頤，香港就不是文化沙漠了。」

一九七四年七月，《明報月刊》刊登饒宗頤的《海上絲綢之路與崑崙舶》一文。在此文中，饒宗頤提出了「海上絲綢之路」的學說。他說，我們中國是一個非常「奇怪」的國家，自古以來就在不斷地接受外來的文化。在西北方向的西域，有一條「絲綢之路」，它是中外文化交流的橋樑與紐帶。而在海上，還有一條「絲綢之路」，那便是「海上絲綢之路」。從時間上來看，海上的「絲綢之路」或許會更早些。這樣，饒宗頤成為最早提出「海上絲綢之路」的學者。

「我說這些，都是從考據的角度講的，我們講究考據，主張讓事實來說話。」「中國絲綢，自古迄今，聞名海外，故以『絲路』或『絲綢之路』，作為中外交通的象徵，尤為恰當。『海上絲綢之路』實際上是古代中國與海外各國互通使節，貿易往來，文化交流的海上通道，中國古籍早有記載，只是並未冠以『海上絲路』的美稱，後人有或稱『香料之路』、『陶瓷之路』、『白銀之路』的。」饒宗頤論述了「海上絲路」的起因、航線、海船與外國賈人交易的情形。

據此，饒宗頤是最早提出「海上絲綢之路」的學者。若干年後，建設二十一世紀「海上絲綢之路」被列入國家對外開放的戰略構想，饒宗頤倍感欣慰。

從此，每逢饒宗頤的學術著作出版，都會引起金庸的注意，而《明報月刊》「大家堂」會及時跟進刊登特約文章。饒宗頤的主要學術論著已整理結集成十四卷二十大冊，於二〇〇九年九月以《饒宗頤二十世紀學術文集》為名，由中國人民大學出版社正式出版。該文集幾乎涵蓋國學研究的所有領域，是二十世紀國學研究的一座豐碑。

（三）

饒宗頤的家位於香港跑馬地，在賽馬日從陽台望下去，可一覽駿馬競逐英姿。饒宗頤常在躺椅上看着，當成一個休閑節目。晚年他很少出門，幾乎不應酬，每天清晨四五點醒來，寫字、讀書，讀的是佛學經書，還有金庸的武俠小說，然後睡個「回籠覺」，中午就到附近一個潮汕飯館用餐。

饒宗頤曾引用元代詩人的一句話「一壺天地小於瓜」，比喻自己「每天坐在葫蘆裡」。在小小的天地裡，讀經看書，清靜達觀，身心愉悅，自然長壽。

讀金庸小說，饒宗頤發覺金庸對佛學頗多研究，在他的作品中臨摹過佛教世界，塑造了眾多的佛界僧侶形象，比如《笑傲江湖》之中，儀琳為求令狐冲早脫苦海，念誦《觀世音菩薩普門品》，慈悲之情，發自肺腑。比如《倚天屠龍記》之中，張無忌為救義父與少林三僧苦戰，而謝遜於地窖中念誦《金剛經》妙法，勸無忌棄了人我之分，毋着世相。比如《射鵰英雄傳》裡的《九陰真經》，其實就脫胎於佛教中的經典《愣嚴經》。而其中着墨最多的當屬《天龍八部》。

一次逢面，饒宗頤問金庸：「你怎麼讀佛經？」金庸答道說：「我是看着英文版的佛經來研讀的。我看經書很多時候是看不懂的，我就去看註解，結果，那些唐宋時代的高僧的註解也都很難懂，越看越糊塗，我就只好看英國人直接從印度佛教翻譯過來的，南傳佛經內容簡明平實，和真實的人生十分接近，像我這種知識份子容易了解、接受。」過兩天，饒宗頤讓人送上一冊他的《佛教淵源論》。饒宗頤也看了不少佛書，對佛教深有研究，這本書可以說是代表了他的主要佛學思想。

由佛教說到生死，說到金庸家鄉的國學大師王國維。饒宗頤說，王國維是一位了不起的學問家，只可惜未能真正超脫，這對他做學問乃至詞學創造上的成就，也有一定限制。

「首先，他未曾走入西方大教堂，不知道宗教的偉大，而且對於叔本華的哲學也不可能真正弄明白。其次，王氏對佛教未曾多下功夫，對道教也缺乏了解，不知道如何安頓自己的心靈。所以，王氏做人、做學問，乃至論詞、填詞，都只能局限於人間。一個人在世上，如何正確安頓好自己，這是十分要緊的。」他說王國維自殺是一種糊塗，對人生的糊弄，對生命的糟踐。

他認為，陶淵明比王國維要明白得多，陶淵明生前就為自己寫下了「死去何所道，托體同山阿」的挽歌，由人生聯繫到山川大地，已有所超越。王國維學康德，對其精神並未真正悟到，所以他講境界，講到有我、無我問題，雖已進入到哲學範圍，但無法再提高一步。王國維如果能夠在自己所做學問中，再加入釋藏及道藏，也許能較為正確地安排好自己的位置。

剛到香港，饒宗頤認識了印度學者白春暉，是印度駐香港領事館的一等文秘，和英國著名漢學家霍克思是同學，印度開國總理尼赫魯與毛澤東會面時，他曾任翻譯。白春暉是正宗的印度婆羅門，他的梵文造詣很高。饒宗頤便和他交換條件：白春暉教饒宗頤梵文，饒宗頤教白春暉《說文解字》，一周兩次，彼此一個鐘頭。如此三年，風雨無阻。饒宗頤因此而學到了正宗的印度梵文，為他後來研究佛教和中印文化奠定了基礎。

學此先例，金庸晚年為了能直接讀懂佛經，也曾與一名英國漢學家結交，潛心學習全世界最複雜的文字梵文。

饒宗頤讀完《天龍八部》，將《東坡志林》的話略加改動，移用於評論金庸：「身如芭蕉，心如蓮花。百節疏通，萬竅玲瓏。」（原文為「耳如芭蕉」）蘇東坡是金庸衷心企慕的一個人，饒宗頤借用了大蘇的這幾句話，對金庸來說，算得是最高的讚美。

金庸和饒宗頤的佛學思想十分類似。悟是佛家很玄妙的字眼。金庸說：「在中國佛教的各宗派中，我心靈上最接近『般若宗』。我覺得開悟之前，是見山不是山，見水不是水，開悟之後，見山還是山，見水還是水。」金庸這話是說人許多時候看山看水，因為心境的不同，山和水都被賦予了人的感情色彩，等到明白了世間真諦之後，山就是山，水就是水。金庸進一步論證道：「國康德的本體和現象，其實說的就是這些。」當問及金庸為什麼如此喜歡對佛學的研究時，金庸解釋說：「研讀這些佛經之後，我覺得看待許多事情都變得清朗，連死都不怕了，不再計較名利得失，心裡坦蕩蕩的，無所掛礙。」①

在平時的生活中，饒宗頤對佛學的見解也是非常深刻的，例如關於緣遇問題，饒宗頤說：「佛教就講因緣的問題，緣是外面的條件，你自己有某種內在的條件可以同外緣結合，能夠配得上的才會有可能搭得上，要不然也搭不上，因為你的條件和它的條件不合，它沒有需要你，所以緣要

① 佚名《為何金庸武俠中有如此濃重的佛教情結？》，《菩提路》，二〇一五年一月十二日。

兩方面內外的結合。我碰上很多緣，我自己也不大明白為什麼要這樣子。」

對於佛教的「定」，大多數人認為，所謂「定」就是排除誘惑的意思。饒宗頤說：「多少年來我把我的心態養成一個寧靜的心態，都擺在這裡，所以我沒有什麼煩惱，我不會太多地想這一類的事情，我會排除掉。養成自己心裡頭的乾淨，心裡頭的安定，所以才能有『定』。要自己心力的高度集中，培養一個定力。」①

一九九三年，金庸終於將自己一手創辦的《明報》出售予人，宣佈退休，隨後，遊山玩水讀書講學。香港大學專門為饒宗頤建了「饒宗頤學術館」，並成立了「饒宗頤學術館之友」學術組織，金庸是成員之一。二〇〇三年，饒宗頤將個人積累的數萬冊貴重藏書，包括非常珍貴的古籍善本，以及一百八十多件書畫作品，捐贈給香港大學，借以回饋香港。這些藏書絕大多數都有饒宗頤的批註，今後的研究者可以沿着閱讀史的思路對饒宗頤的學術源流進行細密的剖析。現在，該館不僅已經成為香港大學重要的研究機構，也日漸成為全球漢學界的學術文化交流中心。很多漢學家，不分國界、種別，就像饒宗頤原來不斷前往法國遠東學院、日本京都大學人文科學研究所一樣，來到饒宗頤學術館做研究，漢學的視線在往復中熠熠生輝。

① 印永清《饒宗頤與佛學》，《人海燈》，二〇〇七年第三期。

二〇一〇年四月二十七日，八十六歲的金庸手持拐杖、緩緩步上香港大會堂舞台，從香港署理行政長官唐英年手中接過了「二〇〇九香港藝術發展獎終身成就獎」。香港藝術發展局以此獎表彰其對香港學術界、文藝界的卓越貢獻。在頒獎儀式上播放了上屆「終身成就獎」獲得者饒宗頤的一段話：「作為著名作家和學者，金庸博古通今，涉獵極廣，所創作的武俠小說構思精奇、廣為傳誦，將歷史、哲學、文學共冶一爐，為武俠小說開創了一片全新天地，在華人世界有巨大影響力，多年來更成為電視劇、電影、舞劇等文化創意產業不竭的源泉。」饒宗頤盛讚金庸小說「想法出神入化，令人想像不到」。

二〇一一年十月，國際小行星命名委員會將一顆南京紫金山天文台新發現的一顆小行星命名為「饒宗頤星」。一個月後，杭州西泠印社迎來時年九十五歲的饒宗頤為新掌門。正式執掌西泠半年後，饒宗頤重訪孤山，巧遇正在杭州講學的金庸。談笑間，饒宗頤對金庸說：「不知這顆星離地球有多遠，該不會撞擊地球吧，否則，我豈不成了災星啦！」

他對浙江大學的學生說，做學問和做人要耐得住寂寞，要有平常心態，要「守株待兔」，不能急功近利。「積極追兔子的人未必能夠找到兔子，而我就靠在樹底下，當有兔子過來的時候我就猛然撲上去。我這一輩子也不過就抓住幾隻兔子而已。」

多年前，浙江海寧博物館編《海寧查氏》族譜，金庸曾為之過目修改，而為這套族譜題簽的，即是饒宗頤。

饒宗頤最後一次出現在公眾面前是二〇一七年十一月一八日，中國美術館的「蓮蓮吉慶——饒宗頤教授荷花書畫巡迴展」，他參加了開幕式，並將十件（套）書畫作品捐贈給國家。

金庸晚年足不出戶，拒絕一切社會活動，但悉知老朋友獲殊榮的消息，還是讓家人打電話代為致賀。

第一個讀金庸小說的科學家

——諾貝爾獎得主楊振寧

楊振寧比金庸大兩歲。

有些男人，似乎越老越有魅力，金庸如是，第一位華人諾貝爾獎得主楊振寧亦如是。兩人的魅力各有千秋，相同的是兩人有一個「忘年之戀」，晚年婚姻都是「老少配」，因而，楊振寧與翁帆和金庸與林樂怡同被媒體列入「中國最著名的老夫少妻」名單。

楊振寧愛讀金庸作品，他的床頭經常放着一套金庸小說。

（一）

楊振寧與金庸初次見面是在一九六五年初。

金庸之妻朱玫的母校——香港中文大學邀請諾貝爾獎得主楊振寧前來香港講學。動身之前，楊振寧寫信給父母，希望能和家人在香港團聚。十二月底，楊振寧赴港，在香港中文大學大會堂演講，引起轟動。幾天後的一月三日，楊振寧與由內地到港的父母及弟妹相見時，金庸夫婦在場。

寒暄從各自的家鄉說起。金庸說：「我的家鄉是浙江海寧，離上海很近，所以我在上海念過書，工作過。你的名字中有一個『寧』字，跟我的家鄉有關嗎？」楊振寧笑了笑說：「這個『寧』不是你的家鄉。我是安徽合肥人，合肥在歷史上曾經出過宋朝廉吏包拯和清朝重臣李鴻章。」此時，楊振寧的父親楊武之插上了話：「他出生的時候，我在安慶當中學老師，安慶舊名懷寧，是安徽當時的省會城市，楊振寧的『寧』是這樣來的。」一九四五年，楊振寧得到庚子賠款獎學金去了美國。普林斯頓大學接受了楊振寧，可是他要拜才華橫溢的意大利物理學家費米為師，因此去了芝加哥大學，並在以後被稱為氫彈之父的泰勒的指導下寫了博士論文。一九五七年，楊振寧和李政道合作推翻了愛因斯坦的「宇稱守恆定律」而獲得諾貝爾物理學獎。

金庸說：「聽說你的大學是在西南聯大念的，本來我和你應該是同學，早就見面了，因為我改變主意去了重慶，這個緣分才留到了今天。」抗日戰爭期間，楊振寧在西南聯大物理系畢業後考進了研究院，跟隨王竹溪做統計力學的研究。一九四三年，金庸在重慶參加高考，同時考取了西南聯大和政治大學，因西南聯大在昆明路遠，而國立政治大學是公費待遇，金庸放棄西南聯大進了重慶的政治大學，也就與楊振寧失之交臂了。

談論起諾貝爾獎，楊振寧告訴金庸，他的奮鬥源自一個遊戲——填字謎。他說，在芝加哥大學時，有一個填字比賽在美國很受歡迎，冠軍有五萬美元獎金，「當時我與另外四個同學湊了五美元交了報名費。一個月後，比賽主辦方通知說我們排第一，但還有別人並列第一，因此要破解一個更大的謎，以決勝負。很快，我們收到另一個複雜得多的填字謎，我連續一個禮拜晝夜在圖書館裡翻字典，找適合的單詞。」根據遊戲規則，由英文字母W、H串連而成的英文字可得最高分，他們經一番努力終完成並獲獎。由於關心比賽結果，楊振寧每天留意報紙，但到第七天早晨，楊振寧回到住處，看到地上一份《紐約時報》，頭版寫着「湯川秀樹獲得物理學諾貝爾獎」，這是首位獲得諾貝爾獎的日本科學家，令他十分震動，他反問自己：「楊振寧，你到底在做什麼？」日本人獲得諾貝爾獎，激勵了他的鬥志，成就了他往後要走的路。

楊振寧說的這個故事，讓金庸想到了前些日子對「核褲論」的非議，引起他新的思考。

金庸知道，親密合作獲得諾貝爾獎的楊振寧、李政道後來決裂，一直為人關注。楊振寧從一九四六年和李政道見面認識，一九五七年因共同締造了「宇稱不守恆理論」同獲諾貝爾物理獎。不過，他們的友誼隨着分享榮譽份額大小開始出現裂痕，表現之一是論文的署名究竟應該是「楊和李」還是「李和楊」，分歧越來越多。一九六二年，楊振寧和李政道有一次長談，積累的情緒得到集中宣泄，兩個人都哭了。幾個月後，他們正式決裂，不再來往。這是楊振寧不願深談的話題。

也許，金庸有過關照，《明報》記者在採訪中沒有提起這個事。

握手告別時，金庸對楊振寧說：「你遠在美國，與家人分隔兩地，應該常常回來，香港是一個最適合你們團聚的地方，可要常來呀！」

第二天，《明報》頭版刊登了特寫《溫文爾雅楊振寧》，報道了楊振寧的香港之行，另有金庸授意的社評《楊振寧揮淚別父》，金庸在文章中曾為楊振寧父子解鎖。一九六四年，楊振寧加入美國國籍，父親楊武之認為兒子背叛祖國，一直耿耿於懷。社評說楊振寧此舉「曾經有過掙扎，申請美國公民的決定，是因為持舊中國護照到國外開會旅行，申請簽證常碰到困難，而有實際的需要。他不是拋鄉棄國」。文章中還透露，當時美國的駐香港總領事，不止一次打電話給楊振寧，說如果楊振寧的父母和弟妹要到美國去的話，他們可以馬上替他的家人辦手續。楊振寧告訴他們說，父母和弟妹都要回上海去。金庸借他們父子團聚後惜別的場景，讚賞了楊振寧對祖國的摯愛之情，特別欣賞楊振寧的一句話：「我為我的中國血統和背景而自豪。」

與金庸的交談，給楊振寧留下了美好的回憶，因而他與香港結下了緣分，與香港中文大學又特別有緣。一九七〇年底，應中大邀請講學，楊振寧再到香港，據說曾兩次到金庸家作客，與金庸下圍棋。楊振寧向金庸透露了想回中國大陸走走看看的願望。

一九七一年七月和一九七二年六月，楊振寧兩次回到中國大陸，皆受到高規格禮遇。一九七三年七月，楊振寧第三次回大陸時，見到了毛澤東，兩人在中南海的書房裡談了一個半小時，毛澤東表現出慣常的自信，話題多是與科技有關的哲學問題。談話結束，楊振寧快到門口時，毛澤東和他握了手，並且說他年輕的時候也希望在科學上能夠有所貢獻，不過自己沒有做到，很高興楊振寧能夠對人類的科學有所貢獻。①

一九八六年初，楊振寧應香港中文大學校長馬臨之邀，出任特別為他開設的中文學博士講座的教授。此後每年春夏，他到香港中大講學，幾乎年年與金庸碰面，兩人在金庸的家裡下幾盤圍棋。應金庸邀請，楊振寧擔任《明報》大家大講堂的特約撰稿人。一九九三年九月，楊振寧在中大發表演講說，到了二十一世紀中葉，中國極可能成為一個世界級的科技強國，因為一個國家的科技發展需要有四個條件：人才、傳統、決心和經濟支持，而此四個條件中國已基本上或即將具備了。金庸讓《明報月刊》將演講稿《近代科學進入中國的回顧與前瞻》全文刊登。

二〇〇三年底，楊振寧回北京定居，出任清華大學教授。他賣掉自己在美國紐約的一處大房子，向清華捐了一百萬美元，把諾貝爾獎金的一部分，也捐給了清華。在清華的年薪為人民幣一百萬元，

① 鄭書、何強《楊振寧與中國五代領導人》，《新京報》，二〇一六年十二月九日。

但他分文不取，捐給了清華大學高等研究院。清華大學高等研究院一直堅持他所傾力的基礎物理學的科研。

楊振寧在金庸家附近購了新宅，他對金庸說，每年九個月住在北京，三個月住在香港。

（二）

一九九六年九月三十日農歷八月十八，傳統觀潮日，正在大陸訪問的楊振寧欲到浙江觀賞錢塘江大潮。金庸獲知此訊，立刻從香港趕到浙江海寧，以東道主的身份陪同他登上觀潮亭候潮。

站在楊振寧身旁的是夫人杜致禮，另一側是英語翻譯翁帆，當時她是廣東汕頭大學英語系學生。不知誰叫了一聲「潮來了」，大家立即被江上的奇景所吸引。金庸拿起桌上的望遠鏡向遠方那條白線望去，似乎望見了自己的少年時代，他當童子軍在石塘邊露營的情景。這時，一個聲音在金庸耳邊響起：「潮聲愈響，兩人話聲漸被淹沒，只見遠處一條白線，在月光下緩緩移來。驀然間寒意迫人，白線越移越近，聲若雷震，大潮有如玉城雪嶺，際天而來，聲勢雄偉已極。潮水越近，聲音越響，正似百萬大軍冲鋒，於金鼓齊鳴中一往無前……」楊振寧背誦着金庸在《書劍恩仇錄》中描繪海寧潮的字句，然後說：「你在書中描述的錢塘大潮，實在出色精彩，還有一段侍衛白振為乾隆取扇、勇鬥怒潮的片斷，繪聲繪色，你的想像真的很神奇。」金庸笑說：「我描寫的錢塘江大潮，全憑着少年時候的經驗，並不算神奇。」金庸知道，楊振寧也是他的小說癡迷者，在著名科學家中，他可能是第一個。

一九九四年，北京三聯書店獲得金庸的獨家授權，開始在中國內地出版《金庸作品集》。此後每逢新版本的金庸小說出版，金庸必寄給楊振寧一套。二〇一〇年一月，央視主持人白岩松在《新聞一十一》裡有句話：「他（楊振寧）是瘋狂的金庸所有小說的愛好者。」

楊振寧曾經回憶起第一次香港行與金庸謀面，補充了一個情景：「我在香港街頭看見許多人在讀《明報》，也買了一份來讀，竟然被連載的小說着了迷，這是我第一次閱讀金庸先生的小說，以後在床頭上經常放一本他的小說。」當年，金庸的《天龍八部》正在《明報》連載。

《天龍八部》小說以宋哲宗時代為背景，通過宋、遼、大理、西夏、吐蕃王國之間的武林恩怨和民族矛盾，從哲學的高度對人生和社會進行審視和描寫，展示了一幅波瀾壯闊的生活畫卷。所謂「天龍八部」，是佛經用語，包括八種神道怪物，作者以此為書名，旨在象徵大千世界之中形形色色的人物。大理段氏累世信佛，蕭峰的師傅是少林高僧，而虛竹則是僧人出身，他於西夏皇城冰窖，以三段《入道四行經》駁得天山童姥理屈詞窮，真是言簡意賅，仁慈之心，遠勝雄辯。

書中融入作者做人、學佛的感悟，充滿着悲天憫人的情懷，沒有深究佛理的人，是絕對寫不出這種書來的。

楊振寧在大學讀書時及畢業後就對佛學興趣日濃。二〇〇七年春，他與金庸聚會時談論起佛教。金庸向楊振寧講述了自己皈依佛教的心路。金庸與佛有緣，對佛學有很深的造詣，為了能夠直接讀懂佛經，他還潛心學習全世界最複雜的文字梵文。事實上他並非由於接受了哪位大師的接引，而是親歷了非常痛苦的過程。一九七六年十月，金庸十九歲的長子查傳俠突然在美國紐約哥倫比亞大學自殺。這對他真如晴天霹靂，傷心得幾乎自己也想跟着自殺。當時有一個強烈的疑問：「為什麼要自殺？為什麼忽然厭棄了生命？」此後一年中，金庸閱讀了大量書籍，探究「生與死」的奧秘，詳詳細細地研究了一本英國出版的《對死亡的關懷》，但並不能解答他心中對「人之生死」的大疑問。金庸最終把目光投向了中國的佛經。

金庸說他是看着英文版的佛經來研讀的，他向倫敦的巴利文學會訂購了全套《原始佛經》的英文譯本。

楊振寧問金庸為什麼如此喜歡對佛學的研究，金庸說：「研讀這些佛經之後，我覺得看待許多事情都變得清朗，連死都不怕了，不再計較名利得失，心裡坦蕩蕩的，無所掛礙。」於此，金庸以佛教中的「大悲大憫」思想來開導讀者，從而增加了武俠小說的思想深度與哲學內涵。難怪楊振寧給予他如此高的評價：「金庸武俠借助人物故事的命運，增強了佛教的勸戒功能，使讀者徜徉在奇幻的故事情節同時，心有所思，心有所悟，對是非黑白有一個自我的判別，從而形成對人生的冷靜思考、理性思辨。」

（三）

二〇〇四年十月的一天，秘書小吳給金庸遞上一份打印箋，是楊振寧從北京發送的一封電子郵件。郵件內容寫道：

這是一封重要的信，向你介紹我的未婚妻。

她的名字叫翁帆，她的朋友叫她帆帆。我現在也這樣叫她。

我們在二〇〇四年十一月五日訂婚。

翁帆二十八歲，出生在廣東省潮州。致禮和我一九九五年夏天到汕頭大學參加一個國際物理學家會議時碰到她。那個會議有四位我也知道，雖然在歲數上已經年老，在精神上我還是保持年輕。我知道這也是為什麼翁帆覺得我有吸引力的部分原因。諾貝爾獎得主參加，因此學校挑選學生來作接待向導，當時還是大一學生的翁帆是我們的接待向導。那是一個只有上帝才會作的安排。

致禮和我立刻就喜歡翁帆。她漂亮，活潑，體貼而且沒有心機。她是英文系學生，英文說得極好。離開汕頭之後，我們和她偶爾有些聯絡。

大學畢業後，她結婚了，幾年以後離婚。幾年以前她進入在廣州的廣東外語外貿大學，很快要得到翻譯系的碩士學位。

有如天意，因為好幾年沒有聯絡，她今年二月給我們一封短信。信是寄到紐約石溪，後來轉到我所在的香港。也因此我們在過去的幾個月中逐漸熟識。

我發現現在已是一個成熟婦人的翁帆，依然保有九年前致禮和我特別欣賞她的率真。在我最近寫的一首關於她的詩，其中有下面的幾句：

沒有心機而又體貼人意
勇敢好奇而又輕盈靈巧
生氣勃勃而又可愛俏皮
是的，永恆的青春

青春並不只和年紀有關，也和精神有關。翁帆既成熟又青春。我深信你們看到她都會喜歡她。

我也知道，雖然在歲數上已經年老，在精神上我還是保持年輕。我知道這也是為什麼翁帆覺得我有吸引力的部分原因。

我們當然都清楚地知道，我們有很大的年歲差距。但是我們知道我們都能夠也將會以許多不同的方式，奉獻給我們的結合。我們的親人都祝福我們。

請讀一下下面的句子，這些句子說明了我對於她在我生命中扮演的以及即將要扮演角色的感覺：

噢，甜蜜的天使，你真的就是……

上帝恩賜的最後禮物

給我的蒼老靈魂

一個重回青春的欣喜……①

二〇〇四年，楊振寧已經八十二歲，他的結發妻子是國民黨著名將領杜聿明的女兒杜致禮，

①《楊振寧和翁帆訂婚後，給親友的一封信》，《明報》，二〇〇七年九月二十二日。

二〇〇三年十月因病去世。

在海寧有一個未經證實的傳言：當年翁帆寄了一封信到紐約大學石溪分校給楊振寧，但楊振寧當時在香港和金庸下棋消遣，信轉到香港由中文大學交給了林樂怡，再由金庸轉遞給楊振寧本人。因而，金庸無意中成了「楊翁情緣」的牽線人。

此刻，金庸看完楊振寧的信，將信箋丟給身邊的妻子林樂怡，緊接着，兩個人對望着哈哈大笑。金庸娶了個比他小足足二十九歲的妻子林樂怡。金庸對兩人的相遇諱莫如深，傳言他是在一間茶餐廳遇到當時不到二十歲的林樂怡。據說，當時金庸經營的《明報》陷入瓶頸，林樂怡鼓舞了他，也點燃兩人的愛情火花。如今，楊振寧竟然要娶比他小了五十四歲的女研究生。金庸連說「愛情經典，愛情經典！愛情來了，他無路可逃！」金庸想到了自己小說中的事，「老頑童周伯通娶了瑛姑，老夫聊發少年狂」。又是一陣哈哈大笑。

楊振寧與翁帆訂婚的消息立即引發媒體追蹤，楊振寧索性與翁帆辦理了正式的結婚手續，然後到海南島度假。兩人在飯店曬太陽以及同騎腳踏車的照片，一時成為報刊頭條。

高達望十四歲年齡差的婚姻實屬名人「忘年戀」之最，自然引來眾多的非議。不久，《明報》刊登一組照片，介紹楊振寧的婚戀，他與兩任妻子的罕見合影曝光。她倆都是他的學生，彼此又長得十分相像。有人看後留言：「現在我理解楊振寧和翁帆的婚戀了。」《明報》此舉，也許得到了金庸的授意。

與金庸不同，再婚後不久，楊振寧曾與翁帆聯名撰文，回應一位香港女作家的批評。公開信說：「我們現在就告訴你我們相處的真相：我們沒有孤獨，只有快樂。與你所描述的、或所期望的完全不同。我們認為我們的婚姻是天作之合。」

讀完這封信，金庸對朋友說：「有什麼好懷疑呢，你聽聞的是一曲愛情之歌。」

二〇〇五年一月，幾乎與楊振寧攜夫人去海南度蜜月同時，一篇關於金庸辭去浙江大學人文學院院長和博士生導師職務的內幕報道，將同為文化名人的金庸打入冷宮。有人這樣形容：新年的第一束陽光打在楊振寧臉上，第一彎夕陽卻斜向金庸。然而不久，金庸被英國劍橋大學授予榮譽文學博士學位，楊振寧和金庸同時出現在頒授學位的慶典上。

二〇〇七年九月二十二日，楊振寧在香港慶賀八十五歲生日，出席香港中文大學舉行的楊振寧銅像致贈儀式後，攜妻子翁帆拜訪金庸夫婦，輕鬆地談起與翁帆的浪漫情事。當年他是通過電話向翁帆求婚的。現在的家裡有個沙發，恰好容得下兩人一起坐下，兩個人經常坐在上面看電視。以前，翁帆沒來的時候，家裡只有一把一個人坐的椅子。

第二天，金庸看到了《明報》的報道，楊振寧與太太翁帆結婚兩年多，至今仍恩愛非常。這對忘年夫妻昨日便齊齊穿上黑色的「情侶裝」，十指緊扣，出席名人訪談電視片《音樂天空》的珍藏版發佈會。剪了個「Bob頭」的翁帆，配以一條設計簡約的露肩裙子，增添了成熟韻味。她早前跟隨香港青年鋼琴演奏家孫穎學鋼琴，昨日更首次公開作鋼琴表演。有個大名鼎鼎的丈夫，過去翁帆大都比較低調的伴在丈夫身旁，昨日卻成了「主角」。楊振寧說，夫婦倆的共同話題很多。參觀美術展後，他們會分別找出最喜歡的作品，再看與對方是否一致。這是二人之間的小遊戲。金庸的讀後感是一句話：「他的人生和愛情都是一個圓。」

二〇〇八年新年，金庸收到楊振寧贈送的一本《曙光集》，這是一本他們夫婦合作剛出版的新書，書中精選了楊振寧所寫的五十多篇文章，包括論文、演講、書信、訪談、散文等，涉及楊振寧深刻的科學觀點、獨特的社會見解和豐富的個人情感，書中還有十六幅絢爛的彩圖。

楊振寧和翁帆經常在一起朗誦詩歌，甚至將一些經典詩歌進行改編。徐志摩的《偶然》就被兩人改成了：「我是天空裡的一片雲，偶爾投影在你的波心，你不必訝異，更無須歡心，在轉瞬間消滅了蹤影。你我相逢在晚霞燦爛的海上，你有你的，我有我的方向，你記得也好，最好不要忘掉，在這交會時互放的光亮。」

與金庸八十歲選擇去讀大學一樣，楊振寧九十三歲拿出自己未來二十年的職業規劃。二〇一五年九月，楊振寧攜妻作了一次「回鄉之旅」，在故鄉合肥，與中國科技大學的老師和學生暢聊學術問題。

那天，楊振寧坦言：「我一生在很多的關節點上，都不自覺地走了非常正確的道路，這包括十一年前，我跟翁帆求婚。」「不管今天大家對我們的婚姻是什麼看法，到三十年四十年以後，大家會覺得，是一個非常好的羅曼史。」

回望十一年的婚姻，翁帆認為自己選擇了一條更加「人跡稀少」的路，但是這是一條正確的路。因為楊振寧給了她一個很純淨的世界，讓她一直生活在象牙塔中的象牙塔中。兩人共同生活的十一年，楊振寧的價值觀和人生觀也影響了翁帆，她說：「潛移默化中，我覺得他是創造了我，創造了現在的我。可以說他是我生命中的帶路人。」

他首開金庸小說研究課
——北大教授嚴家炎

在北大，嚴家炎有「嚴加嚴」的雅號，這是如今老中青三代學人都公認的尊稱。其實，嚴家炎嚴於律己，寬厚待人；嚴於學術與思想品格，於日常生活，他很是親切隨意。若你看到他欣然一笑時那純真的表情，就會知道這是一個善良真誠到骨子裡的人。嚴家炎對學術的「嚴」，基於他追求真理的堅定品性，這是貫穿他一生的治學精神。

他的《金庸小說論稿》是第一部從學理上研究金庸小說的專著。

（一）

抱着「守正創新」的北大傳統，和他嚴於學術的態度，一九九一年，嚴家炎赴美國舊金山講學。

嚴家炎早慧，早年就讀於上海吳淞中學時，因酷愛文學，便與八九個同學一道組成文學小組，讀左翼文學，並相信要到群眾中去，嚮往火熱的鬥爭生活。他違背家裡的願望，報考華東人民革命大學，先後參加過淮南淮北四期土改，有六年時間在革命實踐中鍛煉成長。一九五六年，嚴家炎得益於周總理「向科學進軍」的號召，考取北京大學中文系文藝理論方向的四年制副博士研究生，學成後留校任教，這一教就是近六十年。

嚴家炎在學術上嶄露頭角，始於他對《創業史》中的「中間人物」的評價，那一年他剛滿二十八歲。一九六一年，他在《文學評論》第三期上發表《談〈創業史〉中梁三老漢的形象》。當時，所有評論都聚焦於梁生寶這樣的「社會主義新人」，給予高度而熱烈的評價；嚴家炎卻認為梁三老漢這種「中間人物」更具有時代的真實性，「雖然不屬於正面英雄形象之列，但卻具有巨大的社會意義和特有的藝術價值」，是「全書中一個最有深度的、概括了相當深廣的社會歷史內容的人物」。在當時，這種觀點可以說具有相當的超前性。嚴家炎看出梁生寶這種人物形象是應社會主義時代要求表達歷史先進性的理想化人物，其存在有歷史合理性和必要性，但難免有概念化之嫌。他強調「中間人物」的藝術價值，也是包含着他對文學的癡情，因為癡情，便容不得作假作偽。

在舊金山，一日，有青年朋友鼓動他，為當地一個華文文化中心講講金庸小說。為了寫好這篇講稿，他特意去斯坦福大學的東亞圖書館，作了一點閱讀量的調查。發現他們館藏的金庸小說，幾乎都借出過幾十次、上百次，「借書日期」、「還書日期」欄內蓋的戳子密密麻麻。許多書都已被翻看得陳舊破爛。圖書館工作人員告訴他，他們已買過兩種版本的金庸小說，結果都相似，因為借閱的人實在太多。

嚴家炎做人作文認真嚴謹，一絲不苟，尤其是材料功夫十分了得。他說，他做學問，會「抓住閱讀中發現的一些可疑之處，緊追不捨，盡可能充分佔有相關材料，深入開掘，最終獲得成果」。他重視以材料服人，在學界中有口皆碑。

回國後，他開始關注國內讀者的閱讀狀況。他曾經以為男性青年學生才喜歡金庸小說，誰知一調查，出入非常大，許多女學生照樣愛讀。而且他們的父母親和許多上了年紀的人也同樣喜歡讀，真是到了不分性別、不分年齡的地步。除讀者閱讀現象非常值得注意之外，金庸小說本身還包含着一系列難以索解的有趣現象，如金庸小說雖然產生在香港商業化環境中，卻沒有舊式武俠小說那種低級趣味和粗俗氣息。又如，金庸自己完全不會武功，卻能把武林人物的打鬥寫得那麼吸引人；金庸小說明明是武俠小說，卻又有着濃重的文化氣息，簡直可以當作文化小說來讀。再如，武俠小說一般都以神奇、曲折來吸引人，可是金庸小說同時又相當貼近生活、貼近人生，相當生活化。諸如此類，金庸小說似乎充滿了許多不易詮釋之謎。

他漸漸覺得不為青年學生做點事似乎欠了一份感情債，心裡頭有重壓之感，覺得不開設金庸小說研究課程，自己有愧於文學史研究者的責任，也辜負了年輕朋友的期待。

那時他尚未與金庸見過面。

一九九二年，嚴家炎到香港中文大學作短期研究。在文化界一次小型宴會上，他才與金庸真正相識。宴席結束時，金庸邀約到他的山頂道一號家中小聚。幾天後的一次相當酣暢的歡聚，他們從各自少年時的興趣愛好說到武俠小說，又從武俠小說聊到新武俠，再從金庸小說談到圍棋，又從圍棋勝負聊到頂尖國手陳祖德以及金庸向他學習棋藝；再從香港將要回歸聊到金庸參加香港基本法的起草……嚴教授向金庸請教了許多問題。一直到厨師送來了下午的點心，兩人的談話才告一段落。餐後，金庸亮出旁邊小桌上放着的三十六冊第二版金庸小說，送給了嚴教授，還讓司機駕車送他回中文大學的住處。

一九九四年十月，金庸赴北京大學訪問，嚴家炎放下手頭的工作，陪他參觀故宮、長城，訪問學者，切磋文學。

在中文系，金庸一開口就十分謙遜，「我沒資格坐在這裡，這裡許多老先生的書我都讀過，第一次見面，很崇拜，很仰慕。」又對嚴家炎說：「我今年春天去過紹興，到蘭亭王羲之以前寫字的地方。那裡的人要我寫字，我說在王羲之的地方怎麼可以寫字呢？但他們非要我寫不可，我只好寫了八個字：『班門弄斧，蘭亭揮毫』。班門弄斧很狂妄，在蘭亭揮毫就更加狂妄了。這次到北大，說好要作兩次演講，我自己寫了十六個字：『班門弄斧，蘭亭揮毫，草堂題詩……』在大詩人杜甫家裡題詩，第四句是：『北大講學。』」

對歷史很有研究的金庸說，讀《漢書》時，有一個問題讓他百思不得其解。劉邦一直想廢掉太子劉盈，但被譽為商山四皓的四位老先生勸劉邦後，劉邦就放棄了廢太子的想法。「商山四皓沒有兵權，沒有謀略，為什麼劉邦會聽他們的話？」一見到嚴家炎等幾位教授，金庸就立即請教這個問題，聽了解釋他說「現在我清楚了」。

演講會上，他對大學生們說：「北大是我從小就很仰慕的大學。我的親伯父就是北大的畢業生，故鄉人大多不知道他的學問如何，但聽說他是北大畢業生，便都肅然起敬。我念初中時候的班主任也是北大畢業生，他學識淵博，品格崇高，對我很愛護。雖然現在時隔五六十年了，我還常常想念他。……嚴家炎教授是我半師半友的一個學術同道，我非常仰慕你們能夠經常聽他講課，講述文學的學理。」

在嚴家炎的誠懇要求下，金庸的「北大講學」前後有兩次。面對中國最高學府的學子和教授們，金庸說：「現在我是北京大學的一份子了，可以稱大家為同學了。我衷心感謝北京大學給了我很高的榮譽，授予我名譽教授的稱號。……抗戰時期，我考大學，第一志願就是報考西南聯大，西南聯大是由北大、清華和南開三所大學合辦的。我有幸被錄取了。或許可以說，我早已是北大的一份子了。不過那時因為我沒有錢，西南聯大又在昆明，路途遙遠，沒法子去，所以我不能較早地與北大同學結緣。今天我已作為北大的一份子，跟大家是一家人了，因此感到莫大的榮幸。」

嚴家炎向金庸轉達大學生們的一個要求，聽他講講武俠小說。金庸婉拒了，說：「寫小說並沒有什麼學問，大家喜歡看也就過去了。我對歷史倒是有點興趣，今天我想簡單地講一個問題，就是中華民族如此長期地、不斷地發展壯大，到底有何道理，有哪些規律？」

然後，金庸從華夏民族的七次大危機又都是七次大轉機開題，講述了民族的同化、融合和壯大、統一問題。他說：「我在武俠小說裡寫了中國武術怎樣厲害，實際上是有些誇張了。中國人不太擅長打仗，與外國人打仗時，輸的多，贏的少，但是我們有耐力，這次打不贏沒關係，我們長期跟你幹，打到後來，外國人會分裂的。如匈奴很厲害，我們打他不過。……有意思的是，匈奴的一半被中國抵抗住了，投降了，另外一半卻把整個歐洲打垮了。」①

金庸在北大住了二十六天，與嚴家炎幾乎朝夕相處，竟然有點難捨難分了。有一天，他說：「我的學問不夠，真想長住在北大，好好讀讀書，聽聽你講的課。」他晚年留在世界著名大學繼續讀書的念頭由此而生。若干年後，他赴英國在劍橋大學讀博三年。

① 《金庸的中國歷史觀》，《明報月刊》，一九九四年十二月號。

北京大學授予金庸名譽教授，在授予儀式上，嚴家炎發表賀辭《一場靜悄悄的文學革命》，他說：「金庸小說的出現，標誌着運用中國新文學和西方近代文學的經驗來改造通俗文學的努力獲得了巨大的成功。如果說『五四』文學革命使小說由受人輕視的『閑書』而登上文學的神聖殿堂，那麼，金庸的藝術實踐又使近代武俠小說第一次進入文學的宮殿。這是另一場革命，是一場靜悄悄地進行着的文學革命。金庸小說作為二十世紀中華文化的一個奇跡，自當成為文學史上的光彩篇章。」①此文已經成為金庸研究領域的經典文獻。

一九九四年，對金庸來說是極為輝煌的一年，先是生活・讀書・新知三聯書店推出了十五種三十六本的《金庸作品集》，接着又有人對「二十世紀中國小說大師」的「座次」進行「重排」，把金庸的位置排到了第四位，一時引起了很大的轟動。

一九九五年三月三日，嚴家炎趁赴港出差之際訪問金庸，發表了《金庸答問錄》。金庸對他說：「我的小說中有『五四』新文學和西方文學的影響，但在語言上，我主要借鑑中國古典白話小說，最初是學《水滸》、《紅樓》，可以看得比較明顯，後來就純熟一些。我在電影公司做過編劇、導演，拍過一些電影，也研究過戲劇，這對我的小說創作或許自覺不自覺地有影響。小說筆墨的質感和動感，就是時時注意施展想像並形成畫面的結果。戲劇中我喜歡莎士比亞的作品，莎翁重人物性格、心理的刻畫，借外在動作表現內心，這對我有影響。」

與金庸多次接觸，嚴家炎終於認定，科學地揭示現象背後的諸多原因，深入地探討金庸作品魅力之所在，解開謎底，把金庸小說放到中國文學發展的背景上加以考察，從而衡定其在文學史上的地位，正是現代文學研究者們共同面對的課題和任務。

就是從這一年的春天開始，嚴家炎在北京大學中文系開設「金庸小說研究」課程，以「經典文本研究」的方式將金庸引進大學課堂。緊接着，深圳大學、浙江大學、廣東社科院相繼設立了「金庸作品研究室」，同時出現了以金庸作品為選題的博士畢業論文。

嚴家炎的課堂講稿以學術論文的方式，先後在香港《明報月刊》嶺南學院《現代中文文學評論》、中國社會科學院《文學評論》雜誌、武漢《通俗文學評論》、廣州《東方文化》雜誌、北京《中國文化研究》上刊載。

嚴家炎的《論金庸小說的現代精神》一文，從五個方面論述了金庸小說中體現的「現代精神」：一是根本批判與否定「快意恩仇」、任性殺戮的觀念，這與魯迅等新文學家思想一致，二是承認並寫出了中國少數民族及其領袖的地位和作用，用平等開放的態度處理民族間的關係，三是借人物之口表述了他對正邪、善惡的鑑別應以符合大多數群眾利益為准，提出「權力產生腐化」。四是在個人與個人、個人與社會的總體關係上，應尊重個人性情與服從總體利益的原則，這正體現了現代意識中人既要有社會責任又應有獨立人格的兩個重要側面，五是融現實感受體現在作品中的獨立的批判精神。

一九九九年一月，嚴家炎將歷年講稿整理而成的專著《金庸小說論稿》由北京大學出版社出版。這是第一部從學理上研究金庸小說的專著。嚴家炎在這部專著裡，從「文化生態平衡與武俠小說的命運」、「金庸小說的現代精神」、「金庸小說的影劇式技巧」以及金庸筆下的「義」、「武」、「情」等諸多方面對金庸小說進行「破解」。書中，他讚頌和推崇金庸小說，認為金庸小說作為二十世紀中華文化的一個奇跡，自當成為文學史上光輝的篇章。

（二）

這之後，在北大、大理、海寧、台北、科羅拉多等地的金庸小說國際研討會上，以及在華山論劍的活動中，嚴家炎與金庸多次見面，還一起暢游了九寨溝、峨眉山、青城山，欣賞了壯觀的錢塘潮。

一九九八年五月，世界「武林大會」在美國科羅拉多大學舉行，嚴家炎應邀與四十多名知名學者專家在洛磯山下唇槍舌劍，縱論「百年一金庸」，「比武過招」了整整三天。

在「金庸小說與二十世紀中國文學」國際學術討論會上，嚴家炎發言揭示金庸的成功之謎：「隨着金庸小說讀得越多，我越是覺得自己對金庸的新文學根底及其在小說創作中的作用估計不足。事實上，五四新文學和西方文學的影響，對於金庸武俠小說創作不是起着一般的作用，而是起着決定性的作用。可以說，在很大程度上決定着小說的思想面貌和藝術素質。如果說，中國傳統文化構成金庸小說豐富的建築材料的話，那麼，五四新文學和西方近代文學的修養，造就了金庸小說的內在氣質。金庸寫武功時常常強調內功是各門功夫的基礎，我們可以說，五四新文學和西方文學的修養，就是金庸真正的內功。」

在閉幕式上，嚴家炎代表與會者講話，他說：「雖然在此之前，我研究過金庸，但通過這個會議，才真正體會到金庸小說的豐富性，明白到研究金庸可以用多種方法，其中比較突出的至少有三類：一類是以知識實證的驗證方法；一類是以才氣、靈感為特徵；另外一種從理論來研究。三種方法各有長處，可以互補。」

嚴家炎稱一九九八年又是一個「金庸年」，一個月前，他剛剛參加了雲南大理的金庸小說研討會，五個月後他還將出席在台灣舉行的一個國際性金庸小說討論會。

不久，受王蒙之邀到海洋大學講學，嚴家炎侃侃而談，旁徵博引，向同學們介紹金庸小說中武俠世界的獨特魅力，揭示金庸小說經久不衰，暢銷華人世界的秘密。他從四個方面分析金庸小說產生這種神奇閱讀現象的原因。

第一，金庸小說是思想性娛樂品。「武俠屬於通俗小說，必然是娛樂品。而金庸武俠小說的獨特之處就在於金庸本人自覺追求作品的思想性，其每部作品都包含着人生哲理或金庸個人思想。」接下來，嚴家炎舉出《射鵰英雄傳》中郭靖與成吉思汗探討什麼是真正英雄的實例，體現金庸小說的歷史深度。他動情地引述道：「自來英雄而為當世欽仰，後人追慕，必是為民造福愛護百姓之人。」

他認為，最能體現金庸小說思想性之深的莫過於《笑傲江湖》，金庸利用武俠特有的荒誕誇張和宗系派別，描繪不同類型野心家以各種名目進行擴張、無孔不鑽，無惡不作的醜陋行徑。「《笑傲江湖》寓意文革等政治鬥爭，千百年來爭權奪利的慘劇不斷發生，死去的群眾還少嗎？近百年來，中國人民在各派鬥爭中吃盡苦頭。」聯繫到曾經在重慶沙坪壩看到一塊墓地中埋葬了在武鬥中死去的幾百位紅衛兵後，他發出悲切的感慨。

第二，金庸小說雖為古代題材，但滲透現代精神。金庸對武俠中「快意恩仇殺人如麻」，「狹隘的大漢族逐一思想」,「俠客熱衷仕途」等毛病進行變革,融入現代人思想。嚴教授在談到俠客時,說道:「金庸筆下的俠客都是性情中人,他們爽朗熱忱,絕不做封建庸臣,為了理想可以全然不顧生命,他們是個性解放,人格獨立的大樹,並非依附權力依仗武功的藤蘿。」

在談到金庸武俠世界的愛情時,嚴家炎用「脫俗、純情、理想」三個關鍵詞概括,並引用胡一刀所言:「愛情是兩情相悅的愉悅,豈是價值連城的寶藏能比擬的?」他認為這種追求真愛的精神與五四新文學異曲同工,殊途同歸。現代社會中,人要承擔社會責任,社會應賦予人獨立人格,金庸筆下郭靖喬峰等人將個性自由與社會責任聯繫在一起,以天下為己任,這是現代精神的融入。

「金庸小說中第一英雄喬峰是契丹人,第一美女香香公主是回族人,第一明君康熙是滿族人」,他幽默的概括引來同學們陣陣笑聲,接着說道:「這看似偶然的結果蘊含着必然。金庸第一次以平等友善的態度描寫少數民族,突破『華夏之辨』,這不僅對武俠精神有很大革新,更對中國文學史有重大意義。」

第三,金庸改革小說創作方法,使武俠由浪漫主義向象徵寓意過渡。《神鵰俠侶》中的雪白純潔但帶有毒刺的情花是對複雜愛情的深刻寫照。《倚天屠龍記》中,一劍一刀的名字分別寓意武俠秘籍和兵法,暗示推翻元朝殘暴統治後,替天行道為民除害的理想。嚴家炎特別強調「天指的是百姓」。「《笑傲江湖》是金庸小說中運用象徵寓意最純熟的一部作品，金庸不想影射，但有寓意，他運用豐富表達手段，展示多層次意蘊，擴充小說容量。」

第四，金庸小說蘊含中華民族內在精神與深厚的傳統文化底蘊。嚴家炎談道：「見義勇為的義是金庸小說的核心，金庸融合儒家的仁愛民本，道家的深邃博大無處不在，莊子的瑰麗想像和靈動文字，既繼承傳統白話小說的敘事語言風格，又借鑑近代西方名著之精髓，廣泛吸收藝術營養，使武俠生活化，這樣的作品怎能不永放光彩？」

緊接着，嚴家炎結合自身閱讀金庸小說體驗，滿懷感情地說：「在令人不敢喘氣的刀光劍影後，一陣陣高山流水燕語呢喃之景確實是活潑多變的藝術享受。」最後，他激動地總結道：「金庸小說吸收歷史、言情、偵探、通俗、滑稽小說的各類長處，是武俠小說的集大成者，是全能冠軍！」①

嚴家炎每次去香港，金庸都與他見面，或在他家中，或在嘉華國際中心二十五層他的辦公室，或是直接在太古廣場的夏宮餐館。他發覺，金庸辦公桌上有一個非常特別的木質斜面寫字台板，就向他請教，這寫字台板有何用處？金庸先是得意地讓他猜測，然後才告訴他，這是他自己設計的，寫字台板裝有可調節斜度的齒輪，能讓寫字者保持脊椎骨挺直，不致書寫時弓腰曲背。嚴家

① 嚴家炎《我看金庸小說》，中國海洋大學新聞網，一九九八年十二月十五日。

炎坐到椅子上用斜面台板試寫了一下，果然身姿感到輕鬆、舒服多了。於是，金庸說要把這寫字台板送給他。嚴家炎堅辭不受，金庸說，他已經七十多歲了，使用率不高，而且他如果真還要用，讓人再做一個也很容易。這樣，嚴家炎沒有理由不得不接接受了這份極寶貴的禮物和情意。

（三）

一九九九年下半年，何滿子在《文匯報》、《光明日報》、《中華讀書報》連續發表《為武俠小說亮底》、《為舊文化續命的言情小說與武俠小說》、《就言情、武俠小說再向社會進言》、《破「新武俠小說」之新》等文章，闡述了武俠小說就是舊文學，宣揚的是舊觀念，與五四新人文精神是背道而馳的觀點。

北京作家王朔在十一月一日的《中國青年報》上發表文章，以其特有的調侃方式批評金庸，認為金庸小說與舊小說毫無差別，主題是以道德的名義殺人，在弘法的幌子下誨淫誨盜，人物大多猥瑣、粗野，是很不高明的虛構的中國人形象，而且情節重覆，行文嚕嗦，講因果報應，並將金庸小說列入四大俗。

十一月十日晚七點，北師大五百座階梯教室。嚴家炎與北師大學生有一場對話在這裡舉行，主題是關於金庸。

對話中，有學生問嚴家炎：「您怎麼看最近王朔對金庸的評價？」嚴家炎回答：「我今天上午看到那篇文章，是別人傳真給我的。讀作品有感想很正常。一個作品讀不下去，有各種原因。可能作品本身不好，可能作者的某些描寫習慣讀者不適應，也可能讀者存在某種心理障礙。舉一個我的例子。我十三四歲時讀《紅樓夢》，讀不下去；十七八歲讀後，在日記裡罵賈寶玉；二十多歲上了北大，重讀《紅樓夢》，就感觸很多。關於金庸語言不行的說法，文藝評論家李陀曾說過，金庸使中斷了傳統的白話語言起死回生。同一個問題，可能有相反的看法，不少海外華人為吸引子女學漢語，教材是金庸的小說。王朔的一些感觸，譬如對段譽的看法，不一定沒有道理，但不談喬峰，而談段譽，是沒好好讀《天龍八部》。」①

有學生問：「您讀金庸的閱讀動機是什麼？」嚴家炎答道：「是年輕的同學促使我讀的。年輕人告訴我，有個金庸的小說他們很喜歡。我讀後，覺得喜歡不是偶然的，有作品思想和藝術的原因。年輕人要我講，又逼着我進一步研究。」

嚴家炎說金庸的武俠小說是「武俠其表，世情其實」。這句話，是對金庸小說的準確描述，

① 金庸《北大嚴家炎教授談王金之論戰》，《中國青年報》，一九九九年十一月十一日。

武俠只是他思想的一個傳遞物而已，而通過眾多武林人物的描述，深入地寫出歷史和社會的人生百態、人性，體現出豐富的現實內容和作者自身的真知灼見，才是其真正的用意。金庸小說的情節結構藝術有五個特點：一是跳出模式，不拘一格；二是複式懸念，環環相套；三是虛虛實實，撲朔迷離；四是奇峰突轉，敢用險筆；五是出人意料，在人意中。同時，他也指出金庸作品也有情節上站不住腳的地方。

新世紀初，嚴家炎與馮其庸等專家參與了《評點本金庸武俠全集》的評點。

時過多年，「金庸熱」久久不散，對金庸的批評也隨之增多，甚至形成了一種「圍剿」之勢。二〇〇七年五月，中國社會科學院學者袁良駿在中國現代文學館發表演講，批評嚴家炎對金庸的評價「不符合金庸小說的實際，是一種廉價的吹捧」。同時，有一些學者批評北大為金庸吹喇叭、抬轎子，實在有辱「北大精神」，是在搞復古倒退，是「自貶身份的媚俗」。

不久，嚴家炎在中國現代文學館進行了《我看金庸小說》的演講，在兩個多小時的演講中，諾大的報告廳座無虛席，嚴家炎侃侃而談，幽默風趣，顯示了他的博學和睿智。

有讀者提出，金庸小說十之九是武打描寫。對此，嚴家炎指出：「只要稍稍讀過金庸小說的就知道，金庸小說是文武交錯。如果金庸小說十之九以上是武打描寫，我敢說，沒有幾個讀者會去看金庸小說——他的小說怎麼能夠銷售上億冊?」

嚴家炎說，有評論家對金庸的《倚天屠龍記》和《笑傲江湖》的武打描寫進行仔細的統計發現，前者的武打描寫佔全書的十八%，後者的武打描寫只佔全書的十五%。「這個距離太遙遠了，信口開河的評論是不可信的。事實上，金庸小說在一張一弛的藝術節奏中，給讀者很大的審美享受。」嚴家炎說。

針對有人指責金庸小說「仍然是脫離現實生活，仍然是不食人間烟火」的觀點，嚴家炎予以批駁：「王蒙先生原本不喜歡武俠小說，但一個偶然的機會讀了《笑傲江湖》後，卻流淚了。像《連城訣》並不屬於金庸小說最出色的前五六名，卻也深刻揭示了『貪欲』會使人異化到多麼可怕的程度，令讀者受到強烈震撼。」①

有一種說法：金庸在武俠小說裡寫了大量的幫派鬥爭，金庸是鼓吹幫派鬥爭的。對此，嚴家炎指出，江湖世界是社會現實的折射，是社會現實曲折的反映，只不過金庸運用了誇張甚至荒誕的形式。但金庸描寫這些極其複雜的幫派鬥爭，並不是像有的學者指出的「金庸鼓吹拉幫結派」

① 嚴家炎《批評可以編造和說謊嗎？——對袁良駿先生「公開信」的答覆》，收入《金庸小說論稿》，北京大學出版社，二〇〇七。

那樣，金庸實際上是在揭露和批判這種鬥爭。

嚴家炎大讚金庸：「金庸小說的出現，標誌着運用中國新文學和西方近代文學的經驗來改造通俗文學的努力獲得了巨大的成功。」「許多武俠小說大師的長處常常在其某個方面，如古龍長於精神分析的運用，梁羽生則有豐厚的文學氣息和對古詩詞的運用，他們都是單項冠軍，但金庸的成就是全面的，是一個全能冠軍。」

二〇〇九年秋天，在香港，金庸請劉再復和陳平原吃飯，說起一件事：某年，因夫人盧曉蓉在香港工作，嚴家炎也來港，租了房子，住下來寫作。寫什麼？就寫《金庸小說論稿》。有一天金庸請吃飯，說起來，才知道那房子正好是金庸的物業。嚴家炎知道了，馬上要求退租，免得瓜田李下，說不清楚。金庸很感慨，說你們北大教授有骨氣。別人做金庸研究，跑來要求資助；你們卻那麼清高，刻意拉開距離。這就是嚴家炎——有點拘泥，有些古板，他認為，無論做什麼事都要求自己心安。

二〇一〇年，嚴家炎主編的《二十世紀中國文學史》出版。作為普通高等教育「十五」國家級規劃教材，這部文學史中有單獨的一個章節寫港台的武俠小說，主要講的是金庸的成就，這是以往文學史所沒有過的。

嚴家炎說：「文藝評論家李陀曾說過，金庸使中斷了傳統的白話語言起死回生。」「金庸小說情節緊張、熱鬧、曲折、合理，大開大合，針腳綿密，因而異常精彩。這是金庸小說的一大成就，也是其他武俠小說家難以望其項背的。」

他認為：「金庸小說從根本上批評和否定了『快意恩仇、任性殺戮』這種觀念。在武俠小說中承認並寫出中國少數民族及其領袖的地位和作用，用平等開放的態度處理各民族間的關係，金庸是第一人。」「金庸小說雖也寫古代，思想傾向卻與舊式武俠小說大不相同，根本告別了『威福、子女、玉帛』的封建性價值觀念，滲透着個性解放與人格獨立的精神。」

嚴家炎比較了新舊武俠小說，發現「金庸小說的現代性，從根本上說，還在於將俠義精神自單純的哥們兒義氣提高到『為國為民，俠之大者』的高度，從而突破舊武俠小說思想內容上的種種局限，做到了與『五四』以來新文學一脈相承，異曲同工，成為現代中國文化的一個組成部分。」「金庸武俠小說包涵着迷人的文化氣息、豐厚的歷史知識和深刻的民族精神……這裡涉及儒、釋、道、墨、諸子百家，涉及千百年來中華民族眾多的文史科技典籍，涉及傳統文學藝術的各個門類如詩、詞、曲、賦、繪畫、音樂、雕塑、書法、棋藝，等等。」

二〇一二年，年屆八十的嚴家炎在深圳的一次讀書會上說：「金庸小說是可能成為經典的，經典就是傳之後世，歷久彌新，一般是能經過五代人的考驗的。金庸小說已經歷了三代人。金庸曾經說現在有許多人是在用中文寫外國小說，我覺得金庸小說創作中也採用了很多外國的藝術手段。」

聽到嚴家炎的話，金庸立刻解釋道：「我說現在有些人是在用中文寫外國小說，是說現在有很多人用中文寫出來的小說，就像外文一樣讓人看不懂。」

嚴家炎一生治文學史，晚年終有兩卷本《二十世紀中國文學史》面世，又主編了三卷本《二十世紀中國文學作品選》，書中貫穿了他對二十世紀中國文學史的通盤理解，可謂中國文學史研究的重大成果，其中包含了他對金庸小說的研究。而這些重大成果，都是嚴家炎在臨近八十高齡做出的。「老而彌堅，不墜青雲之志」，若不是一個癡情者，何以有如此始終不渝的熱情呢？

哥哥的學生有「金石姻緣」
——「紅學」專家馮其庸

他對金庸的小說推崇備至，一邊研究《石頭記》，一邊酷愛金庸的武俠小說，曾戲稱這叫作「金石姻緣」。

他是第一個公開肯定金庸的內地學者，是《評點本金庸武俠全集》的主要評點人。

金庸故鄉浙江海寧的「金庸舊居」四個大字以及「赫山房」的匾額均出自他的手筆。

他就是著名的《紅樓夢》研究專家馮其庸。

（一）

馮其庸和金庸同生於一九二四年，可差了一歲。因為馮其庸生於農歷癸亥年的大年除夕，屬猪，金庸則生於甲子年的二月初六，屬鼠。比金庸大八歲的哥哥查良鏗是馮其庸的國學老師。

一九八二年三月的一天，遠在江蘇六合的查良鏗收到一封來自北京的信。信是當年班上學生馮其庸寫來的，接着又寄來他的照片，還有三百元的車旅費，希望老師去北京一聚。

五月，當火車緩緩駛進北京站時，查良鏗一眼就認出了站台上迎接他的當年學生。他住在西苑賓館，馮其庸每天陪他逛街、看風景。

一九四六年夏，二十二歲的馮其庸考上了無錫國專，這是一所大師雲集的學校。唐文治校長是清末進士，主張恢復讀經，他以幾近雙目失明之身創立了這所以讀經為主的學校，把「正人心，救民命」定為學校的宗旨。給馮其庸深刻影響的卻是國學老師查良鏗，他所授的課有古文字學和中國古典文學。

第一堂課，馮其庸對查老師說：「我家裡很窮，以種南瓜充飢，小時候，我經常挨餓。日本侵華期間，我從日本鬼子的刺刀尖下躲了過來。」

在課堂上，馮其庸第一次聽說了古代名著《紅樓夢》和舊派武俠小說《荒江女俠》。幾十年後，馮其庸還記得查良鏗老師講述《紅樓夢》的話。老師說，《紅樓夢》最了不起的是裡面描寫的人物都是獨特的，個性非常鮮明。你閉着眼睛想像，晴雯跟襲人就無法混淆，林黛玉跟薛寶釵也無法混淆，王熙鳳跟其他人也無法混淆。比如「冷月葬詩魂」，「詩魂」是指林黛玉。林黛玉本身並不僅僅因為漂亮，她有詩人的氣質，所以曹雪芹是給她寫了一句「冷月葬詩魂」，而且這一句帶有一種預言的性質，預示她的悲劇命運，是在凄涼冷落中去世的。如果將這一句改成「冷月葬花魂」就不對了，因為《紅樓夢》裡美的不光是林黛玉，薛寶釵也長得很美，用牡丹來形容她，牡丹是花王，也是美。

《紅樓夢》裡，曹雪芹創造的林黛玉這個形象，並不是要創造一個絕世美人，而是要創造一個帶有特殊個性的，帶有詩人氣質的這樣一個美人，所以她不僅是美，更重要的是她有詩人的氣質。所以，不能用「花魂」來形容林黛玉，因為不完全契合林黛玉的氣質和個性。①

後來，在紅學、戲劇、考古、書畫、詩詞、攝影等領域，馮其庸都有建樹。晚年，當別人稱其國學大師時，他暢言：「和我的老師相比，我是不敢稱國學大師的，要是把大師理解為大學老師，我覺得自己倒是很相符的。」

一九四八年秋，馮其庸從無錫國專畢業後任教於無錫女中。一九五四年調往北京中國人民大學，歷任講師、副教授、教授等職。

二十世紀六十年代中期，正當金庸以《書劍恩仇錄》、《雪山飛狐》、《射鵰英雄傳》在香港大紅大紫的時候，遠在江蘇六合的查良鏗卻背上了「裡通外國」的罪名。罪證是三年自然災害時期，有人從郵局寄給他奶粉等食品，還有人從香港郵來物品和外匯。其實，給他寄奶粉等營養食品的是他的學生馮其庸，正在北京工作，從香港寄來錢物的是他的弟弟查良鏞。

一九七〇年的一個雨夜，手抄本《紅樓夢》完成了，馮其庸開始了對其的研究。

① 孫遜《馮其庸：冷月葬诗魂，曹雪芹没打算把黛玉寫成絕世美人》，《文匯報》，二〇一七年七月三十一日。

「研究《紅樓夢》不光是《紅樓夢》表面寫的故事情節，它主要是埋藏在故事裡頭的隱隱約約的家庭的歷史和社會的風情。所以，《紅樓夢》的內涵太多了，需要讀更多更多的書拿過來印證才能把它弄明白。我現在呢，就我所讀到的，理解到的，我一點一點批在這個上頭，每一回後面我有很長的評。就是這一回寫了什麼了讓讀者知道這一回總的意思。」①馮其庸曾經向金庸這樣介紹過自己的紅學研究。於是，《曹雪芹家世新考》、《論庚辰本》、《石頭記脂本研究》等紅學專著悄然問世，《論紅樓夢思想》更是馮其庸在點評《紅樓夢》的基礎上探索其思想內涵的一大力作。

這時候，馮其庸以研究《紅樓夢》知名於世，查良鏞成了寫武俠小說的金庸，均成為大家。哥哥查良鏗將馮其庸介紹給了弟弟，金庸與馮其庸開始了書信往來。

一九八〇年，馮其庸從美國參加國際《紅樓夢》研討會路過香港，首次登門拜訪金庸。

第一次見面，馮其庸如見故人。那天，金庸贈給他一部《天龍八部》，馮其庸以詩回饋：「千奇百怪集君腸，巨筆如椽挾雪霜。世路崎嶇難走馬，人情反覆易亡羊。英雄事業春千斛，烈士豪情劍一雙。誰謂窮途無俠筆，青史依舊要評量。」

馮其庸回到北京，當時未及展讀《天龍八部》。

① 馮其庸《用心解讀〈紅樓夢〉》，《人民日報海外版》，二〇〇五年十一月二十日。

（二）

一九八一年秋天，應斯坦福大學之邀，馮其庸赴美講學，住在同學陳治利的家裡。這位老同學和夫人都是金庸迷，家中藏有成套的金庸小說。閑時，馮其庸隨手取讀。第一部讀的是《碧血劍》，他讀了一個通宵，第二天白天，稍稍處理了一些事情就將此書讀完。這是他讀金庸小說的開頭。①在美國的幾個月裡，馮其庸最大的樂趣是讀金庸小說。只要一開卷就無法釋手，經常是上午上完了課，下午就開始讀金庸的小說，往往到晚飯時，匆匆吃完就繼續讀，通宵達旦，直到第二天早晨吃早飯，才不得已暫停。這樣，他把老同學所藏的金庸小說全部讀完了，大約已佔金庸小說的三分之二，才不得不暫時停止。但是，隔了些時候，突然覺得當初讀得太快，來不及品味，於是又回過頭來重讀了幾部。

一天，馮其庸讀罷《射鵰英雄傳》，胸中豪氣騰溢傾瀉於筆端：「雄才如海不可量，健筆凌雲森劍芒。我讀金庸新小說，酒酣豪氣比天長。」

二十世紀八十年代初，金庸小說已在內地民間悄然流傳，但仍屬「下里巴人」，未能進入學術的大雅之堂。一九七九年，廈門大學鄭朝宗首倡「金學」即金庸小說研究，但響應者寥寥。

① 馮其庸《瓜飯樓上說金庸》，載《讀書》，一九九一年第十二期。

一九八四年，馮其庸收到金庸寄贈的《鹿鼎記》，後來回憶說，當時：「乃急發而讀之，雖在美時已讀過一遍，此時重讀，如逢故友，頗有別來無恙之感。從此，我讀金庸小說之積癖又大發作而不可復止矣。」①

一九八六年，馮其庸在《中國》月刊上發表《讀金庸》一文，指出金庸小說具有廣博的社會歷史內涵和不同凡響的藝術成就，認為把研究金庸小說稱為「金學」是有道理的。馮其庸說：「金庸的小說所反映的歷史生活面、社會生活面如此之廣闊，在他的作品裡，各色各樣的人物都有，而且也確實不乏窮凶極惡之人，因為他所要寫的是社會，而社會是複雜的而不是單一的，由此，他的小說所起的作用，當然也不是單一的。因此，我贊成應該對他的小說作認真的研究，很好地來分析他的作品，引導人們來理解他的小說的積極的思想內容和藝術成就。前些時候，看到一篇文章，提倡要研究金庸的小說，而且他稱關於研究金庸小說的學問，叫做『金學』。我想這位朋友的見解，是有道理的，不應該僅僅把它作為談資。」

一個「紅學」大家竟然大聲宣揚「金學」，猶如向水裡投擲下一顆小石子，平靜的湖面上一下子蕩起了漣漪。馮其庸《讀金庸》一文後，文壇的有識之士、知名學者紛紛開始公開發表意見，

① 馮其庸《讀金庸》，《中國》月刊，一九八六年第八期。

接受了金庸藝術上的成就。

隨後，馮其庸在為曹正文《金庸筆下的一百零八將》一書所作的《序言》中，如癡如醉地讚美道：「我是金庸小說的熱烈讀者。十多年來，我讀金庸小說儘管重覆了三四遍，但至今仍如初讀時的熱忱。我一邊研究《石頭記》，一邊卻酷愛金庸的武俠小說，我曾戲稱這叫作『金石姻緣』。」

馮其庸讚道：「我可以說，金庸是當代第一流的大小說家，他的出現，是中國小說史上的奇峰突起，他的作品，將永遠是我們民族的一份精神財富！」「金庸小說的情節結構，是非常具有創造性的，我敢說，在古往今來的小說結構上，金庸達到了登峰造極的境界。」

緊接着，生活·讀書·新知三聯書店推出了十五種三十六本的《金庸作品集》，接着又有人對「二十世紀中國小說大師」的「座次」進行「重排」，把金庸的位置排到了第四位，一時引起了很大的轟動。①與此同時，中國現代文學研究專家嚴家炎教授在北京大學開設金庸小說博士生課程。

「金學」熱鬧的背後有一位「紅學」大家對金庸小說的推崇。

① 嚴家炎《一場靜悄悄的文學革命——在查良鏞獲北大名譽教授儀式上的賀詞》，載《通俗文學評論》，一九九七年第一期。

一九八八年元旦，馮其庸和幾位學者赴香港參加國際武俠小說研討會，應邀到金庸家裡作客。在那寬敞典雅掛着巨幅名人字畫的客廳裡，大家縱情暢談，談着談着話題轉到馮其庸身上，金庸盛讚馮其庸《紅樓夢》評論文章寓意深刻，文字超凡，堪稱一代紅學大家。

一九九四年，七十歲的馮其庸離休以後即久居京東郊區，他的書齋名為「瓜飯樓」。那是一棟二層小樓，原有六個書房，分別收藏戲劇和明清小說（兼做客廳）、各種古董和藝術珍品（兼做畫室）、文學作品、線裝書和書畫作品、西部和敦煌的文獻、歷史類和紅學類書籍。後來又新加蓋了一個專門的兩層書房，專門存放佛經和其他圖書。

二〇〇〇年十一月，金庸到馮其庸家作客，欣賞他的藏書和文物，然而不解地問：「這棟小樓蓋得很雅緻，藏書都是珍品，為什麼取名『瓜飯樓』，很俗的名字?」

馮其庸說：「『瓜飯樓』這個命名，是為了紀念我年少時的一段苦難經歷。那時最難過的是早秋青黃不接的日子，一大半時間是靠南瓜來養活的。但我家自種的南瓜也常常不夠吃，多虧了好鄰居鄧季方每每採了他家的南瓜送來，才幫助我們勉強度過。我的書齋起名『瓜飯樓』，我常常畫南瓜，都是因為那段日子讓我刻骨銘心。」

然而，貧困中的馮其庸在躬耕的同時也種下了讀書的種子。他說：「我很小就下地乾農活了。

就是上學期間，也是一邊種地一邊讀書。」在讀了近八十年書後的今天，馮其庸說：「我的生活就是讀書。讀書是自我造就、自我成才的唯一道路。」當年，他把僅能借到的《三國演義》顛來倒去地讀，讀到可以背下來很多回目，甚至至今還能背得出一些。《三國演義》、《水滸傳》、《古詩源》、《西廂記》等書，培養了他讀書的興趣。從一九六九年開始，馮其庸按照《紅樓夢》的原行原頁，用朱墨兩色抄寫，一共十六本。那時他並沒有想到以後會去研究它。但這一年中，「文革」風暴中的抄家經歷讓他和曹雪芹產生了共鳴，使他對曹雪芹的「一把辛酸淚」有了理解。

後來讀了金庸的武俠小說，其中所具有的獨特價值和獨特魅力總在他心中引起共鳴。細細研究，他發現，金庸小說的價值和魅力有三，一是武俠人物具有的儒家仁愛俠義之精神感人肺腑，二是武俠人物體現的道家逍遙出世之思想動人心弦，三是小說表露出的追求個性自由、反對專制獨裁等觀念富有現代意義。因而他覺得，金庸小說與《紅樓夢》是一脈相承的。

金庸抬頭望了望『瓜飯樓』裡滿架的書，想起了小時候哥哥查良鏗和他共用的書房，他明白了眼前這位紅學大家「金石姻緣」的深厚含意。

（三）

一九九六年十一月十一日，金庸學術研究會在金庸的故鄉浙江海寧成立，學術刊物《金庸研究》創刊，馮其庸任名譽會長和專家顧問。這天，馮其庸、嚴家炎等專家會聚海寧，參加首次研討會。歷來金庸不參加對他作品的研討活動，可他聽說馮其庸來到他的家鄉，立刻改變主意，特意從香港趕回海寧，接待馮其庸一行，以盡地主之誼。會見時，馮其庸題新詩一首贈金庸，在會上展讀：「奇才天下說金庸，帕米東來第一峰。九曲黃河波浪闊，千層雪嶺烟霞重。幻情壯彩文變豹，豪氣於雲筆屠龍。昔日韓生歌石鼓，今朝寰宇唱金庸。」金庸讀着書於宣紙上的詩稿，異常欣喜。

馮其庸還特意為《金庸研究》創刊號寫了開篇之作《〈金庸研究〉敘》，滿懷激情地寫道：「金庸的出現，是當代文化的一個奇跡。他是一座高原，同時又是高原上突出的高峰。……而他的十五部小說，就是在這廣闊高原上排列着的十五座高峰。」

馮其庸是著名的考據型學者，當年點評《紅樓夢》建樹頗多，影響深遠。從海寧返回北京，他冒出了一個評點金庸小說的念頭。一九九六年底，馮其庸與文化藝術出版社一位副總編赴港，與金庸簽訂出版《評點本金庸武俠全集》的合同。當時隨着「金庸熱」的不斷加溫，書市上出現了許多金庸小說盜版本，錯字連篇，印刷粗糙。面對「金庸迷」們的抱怨聲，金庸決定獨家授權文化部文化藝術出版社出版豪華珍藏版。

當日，《明報》較大篇幅地報道馮其庸的談話。他說，金庸小說已經成為經典，需要註釋，需要評點。「幾年前，我在評點《書劍恩仇錄》的過程中，曾五次到了新疆，上了海拔四千九百公尺的紅旗拉甫，我還到了塔克拉瑪干大沙漠和塔里木盆地深處，特別是還去了莎車、葉爾羌河、黑水營遺址和橫盤鄉，再往前走就是《書劍恩仇錄》裡寫到的玉山（密爾岱山）了，這是小說裡十分動人的地方，我越調查越欽佩金庸的盤盤巨才……」早在一九八八年前後，馮其庸就開始評點金庸的武俠小說了。

過了三個月，金庸致信馮其庸：「尊駕來港晤談甚歡，惜為時無多，殊憾來去匆匆也。所賜茶壺，日夕相對，常感懷吾兄厚誼……」所賜茶壺是馮其庸請宜興陶匠用上等紫砂燒鑄的，所鐫圖案是《神鵰俠侶》中的插圖，情趣盎然。

一九九八年十月，由金庸本人重新點校馮其庸和嚴家炎、陳墨等十九位專家歷時三載評點的豪華珍藏版《金庸武俠全集》由文化藝術出版社出版。四個月後，金庸在杭州拒絕為手持評點本的讀者簽名，並指責出版社是「聰明的盜版」，還說「像這樣的評點，就是小學生也會寫的」，釀成風波，馮其庸牽涉其中。

馮其庸不僅是「金學」的倡導者，還寫過《論〈書劍恩仇錄〉》、《〈笑傲江湖〉總論》，評點過《書劍恩仇錄》，有此交情，金庸的全套「評點本」才在他的主持下進行。馮其庸對該書的評點包括總評、回評及內文詳評，有畫龍點睛之妙。

然而，金庸看了評點本以後表示不滿，作為文化界名流，馮其庸有何感想？當媒體記者這樣詢問他時，他卻口氣溫和地表示：「我和金庸先生交往幾十年了，沒有必要對他過多計較。我不想對他的話再說什麼，請大家理解。其實對於『小學生』之類的話根本用不着辯解，也沒有意思，難道我還用證明我是不是小學生水平嗎？」

幾日後，香港媒體就「評點本」風波採訪金庸，金庸開口就說：「馮其庸、嚴家炎、陳墨三位專家的評點讓我心悅誠服。」他解釋說：「我去購買了全套《評點本金庸武俠全集》來細細閱讀了一下，發覺對我這十五部長中篇小說，有幾位評點人確實是花了心血，認真其事地『評』與『點』，而且他們有才有識有學問，懂文學、懂小說，指出了原作的優點與缺點。我閱讀的時候心存感激，當時對他們的指教就心悅誠服。這主要是指馮其庸、嚴家炎、陳墨三位先生的評點，他們的評點，我認為是『批評』與『指點』。……我個人認為，有些評點的態度很輕率，隨手寫幾句『此段好』就此敷衍了事。有一本書其中的一頁，只寫『妙！妙！妙！』，接連三個『妙』字，就算評點了。

我說『連小學生也會寫』，只是針對這類評點而言，當然不是指所有的人。」

其實，在《評點本金庸武俠全集》中，馮其庸負責評點《書劍恩仇錄》和《笑傲江湖》。《〈書劍恩仇錄〉總論》一開始就展現了馮其庸的獨特眼光：「《書劍恩仇錄》是金庸的第一部武俠小說，他創作這部小說時，還只有三十歲，恰好是曹雪芹創作《紅樓夢》的年紀。」然後馮其庸為乾隆皇帝是海寧陳閣老的兒子傳說，記下日本稻葉君山《清朝全史》、蕭一山《清代通史》、金兆豐《清史大綱》、馮柳堂《乾隆與海寧陳閣老》中一共四則資料記載，展現了考據的學問工夫。

馮其庸的《書劍恩仇錄》評點，多歷史和地理考據，注重知識背景和典故出處，另一方面他也注意金庸的文章筆法，補筆、省筆、閑筆、伏筆、收筆、天外飛來之筆、驚人之筆之語，分門別類，看得仔細入微，馮其庸的評點又時而插科打諢，輕鬆幽默時倍添親切，咬牙切齒時更添氣氛。

馮其庸在每一回過後小結略評，《書劍恩仇錄》一共二十回，因此有《〈書劍恩仇錄〉回後評》二十則，馮其庸點出該回的優點妙筆，讓讀者可以回頭細味，想深一層，尤其是馮評特意將《書劍恩仇錄》與清代小說對觀，如第十七回，關明梅悟出陳正德、袁士霄和自己齟齬不合，始知人生緣法，可與《紅樓夢》、《情悟梨香院》一回對看；又如第十八回，陳家洛與張召重決鬥的描寫，可與《老殘遊記．明湖居聽書》媲美。

馮其庸也評點了金庸另一部代表作《笑傲江湖》。《人性的展示——論〈笑傲江湖〉》是一篇長文，馮其庸注重小說的人性刻劃，例如劉正風和曲洋的人性光輝和思想內涵，比《列子・湯問》和《警世通言・俞伯牙摔琴謝知音》的故事，更豐富鮮明。岳不群的奸詐就可比《三國演義》的曹操，但更加虛偽，而令狐冲、任我行、左冷禪、莫大先生等也有突出的人物形象。

馮其庸勾勒出《笑傲江湖》的大小結構脈絡，都不離「武林爭霸」的故事核心，至於金庸的文筆，馮其庸更推許為「近得之於東坡，遠得之於莊子」……

二〇〇一年二月十九日，金庸主持的明河出版社發表聲明，稱三方在友好人士調解下簽署和解協議，撤回各方訴訟。

一場連環官司在馮其庸的調和下，最終庭外和解。

（四）

「評點本」風波並沒有影響金庸與馮其庸的友誼，也沒有阻礙「金學」的發展。

一九九九年十一月一日，北京作家王朔在《中國青年報》刊載一篇長達三千餘字的文章：「第一次讀金庸的書，書名字還真給忘了，很厚的一本書讀了一天實在讀不下去，不到一半撂下了。

那些故事和人物今天我也想不起來了，只留下一個印象，情節重覆，行文羅嗦，永遠是見面就打架，一句話能說清楚的偏不說清楚，而且誰也幹不掉誰，一到要出人命的時候，就從天下掉下來一個擋橫兒的，全部人物都有一些胡亂的深仇大恨，整個故事情節就靠這個推動着。這有什麼新鮮的？中國那些舊小說，不論是演義還是色情，都是這個路數，說到底就是個因果報應。初讀金庸是一次很糟糕的體驗，開始懷疑起那些原本覺得挺高挺有鹵的朋友的眼光，這要是好東西，只能說他們是睜眼瞎了。」

四天後，金庸接招，在《文匯報》發表《不虞之譽和求全之毀》一文，繼後，各家報刊紛紛轉載，一場圍繞金庸作品的論爭由此打響。

馮其庸擔綱首席顧問的金庸學術研究會適時推出《名人名家讀金庸》、《閱讀金庸世界》兩本專集，匯集馮其庸、嚴家炎、陳墨等著名學者的研究文章。馮其庸稱讚金庸：「筆下的一些英雄人物，具有一種豪氣干雲、一往無前的氣概，給人以激勵，給人以一種巨大的精神力量，一種要竭盡全力去為正義事業奮鬥的崇高精神！並且他筆下的人物，也使人感到有深厚的民族感情和愛國思想。」對王朔的觀點加以駁斥。

話音剛落，南京作家陳東林的長篇評論新著《人妖的藝術‧金庸作品批判》匆匆出爐，矛頭直指金庸：「金庸小說為了獵奇，吸引讀者，換言之為了媚俗，在人物形象的塑造上，創造了一系列似人非人、似神非神的一大批各色各樣的怪物……以『人妖』一詞來形容最為恰當。」他直言批評：「一味地替金庸小說抬轎子、吹喇叭，在國內學術界，有兩個人是這方面的典型代表，一位是文學批評界大名鼎鼎的『紅學家』馮其庸先生，一位是大陸『金學』第一大家陳墨先生。」然而，馮其庸出版了他的《夜雨集》一書，重點談金庸的武俠小說，以《既是武俠的更是文學的》等文章，漫不經心地回擊了一下陳東林的「過招」。

二〇〇八年七月，重慶大學出版社採納馮其庸的建議，出版《金庸茶館》系列。「金庸茶館」指的是「金庸小說研究叢書」，「茶館」二字，為金庸本人所題寫，因為金庸本人謙虛不想用「金學」這個名稱，於是選擇了「金庸茶館」這樣一個非常大眾化的名字。《金庸茶館》最初是台灣著名出版人沈登恩的創舉，後來易手台灣遠流出版社，已經出版了金庸茶館叢書四十冊。令人遺憾的是，這套集合各路名家參與、雅俗共賞的叢書，內地一直沒有出版社引進過來，頗令許多金庸迷們心有不甘。二〇〇七年，馮其庸多次向有關出版社建議，在內地「開茶館」

重慶的「金庸茶館」精選推出了倪匡的《我看金庸小說》、《再看金庸小說》、《三看金庸小說》、《四看金庸小說》、《五看金庸小說》，溫瑞安的《談笑傲江湖》、《析雪山飛狐與鴛鴦刀》、《天龍八部欣賞舉隅》以及馮其庸、三毛、林清玄、柏楊等人的合集《諸子百家看金庸》二冊。有評論稱：「馮其庸從人生的角度、欣賞的角度評說，是對金庸小說很好的導讀，他是『金庸茶館』的斟茶人。」

二〇一七年一月二十二日，九十四歲高齡的馮其庸在曹雪芹埋骨之地的通州張家灣，平靜地走完了他的一生。就在他去世前不久，「金庸茶館」網站開張，並以「十年之約」向國內外專家徵求金庸小說研究叢書。

雖然馮其庸已駕鶴仙去，但關於他與金庸「金石姻緣」的傳說仍在江湖繼續。

心一堂 金庸學研究叢書 96

他比我這個「大教授」高一輩

——著名經濟學家張五常

一頭「標誌性」的花白卷髮，一張古銅色充滿智慧的臉，他就是香港著名經濟學家張五常。早在五十多年前，他就已經憑一篇博士論文《佃農理論》，一鳴驚人，使得他在經濟學界中名聲大振，初露頭角；後來的經濟學論文《蜜蜂的神話》更是奠定了他在經濟學上的地位。他的這兩篇論文，更是被他的老師阿爾奇安認為在產權理論方面是不可超越的。

一九五七年，金庸的第三部作品橫空出世，震撼了整個天下。更難能可貴的是，這部作品不僅讓金庸在武俠世界聲名鵲起，甚至許多著名學者也紛紛點贊，其中有一個就非常典型，他就是張五常。他肯定地說：「如果《水滸傳》是好文學，那麼金庸的作品也是好文學了。」

二十一世紀初，王朔寫了《我看金庸》，張五常也來湊熱鬧，寫了《我也看金庸》說：「查老在文壇上的地位，比我這個『大教授』高一輩……」張五常也是一個金庸迷，因為喜歡，便呵之護之。

滋味。」

張五常說：「我與金庸小說的『初戀』，始於少年時代偷看了《笑傲江湖》，初嘗了『失戀』

（一）

張五常是一個正宗的香港人，一九三五年生於香港一個中產家庭，家境不錯，卻不幸遭逢日本侵華戰爭，香港淪陷，全家化整為零，往內地逃難。一度，他背着三歲的妹妹「野外生存」，「廢田的零碎農植、山溪的小魚與蝦，原野的草蜢與不知名的小動物，生火烤煮後皆可吃」。妹妹曾被醫生診斷為「不可能活下去」，張五常硬把不可能變作可能，「妹妹今天還活着」。一九八二年返回香港大學時，第一次面見金庸，張五常這樣介紹自己。

一九四一年十二月日本佔領香港後，張五常隨父母先到澳門，經惠州，曲江（今韶關），最後避難至廣西桂林，柳州等地，耳聞目睹中國內地農村之艱苦，從小就希望中國國家富強，人民幸福。一九四五年返港後求學廣東佛山，後來就讀於香港灣仔書院、皇仁書院。一九五七年七月末坐郵輪到北美，船程十八天加五天火車，到加拿大多倫多繼續求學。

張五常曾回憶：「一九五五年，《書劍恩仇錄》在《新晚報》出現，我和西灣河太甯街的朋友就開始跟進了。……先是梁羽生在報章上連載《龍虎鬥京華》，跟着是《草莽龍蛇傳》。……

然後一個叫金庸的在《新晚報》連載《書劍恩仇錄》。《七劍》與《書劍》各擅勝場，打個平手，而又因為面目全新，有故事，我們就不再看還珠樓主或黃飛鴻了。」有一段時間學校裡轟轟烈烈地展開批判武俠小說、言情小說的「運動」，張五常卻堅信自己對金庸小說的判斷力，向師長提出他的反對意見，在一篇周記中指出，一刀切地否定一切武俠小說與言情小說是不對的，像武俠小說中的金庸小說……優秀的文學作品，是學生應該看的。

成績方面，張五常是個優等生，但不是一個乖乖聽話的好學生，上語文課，他把語文課本放在下面，把小說壓在上面。到了課間，仍然坐在座位上繼續看小說。沒想到一位老師突然走到身邊，一把將書翻到封面，說：「你也太用功了吧，下課還在看書？」老師翻到的是壓在下面的語文課本，對他的「好學」感動萬分，叮囑他「要勞逸結合，不要看壞眼睛」之類的話。[1]

一九五七年一月一日，《射鵰英雄傳》開始在《香港商報》上連載，作品一經刊出，幾乎世界各地的華人報紙都紛紛連載，吸引了大批讀者，讀者之一就有張五常。《射鵰英雄傳》連載了兩年四個半月，張五常在從香港讀到多倫多，讀了兩年四個半月，一天也不落下。這時，他求學無果，便拿着一架照相機到處拍，拍完了膠卷閑着就捧讀金庸小說。

① 張五常《我也看金庸》，載《學術上的老人與海》，社會科學文獻出版社，二〇〇一。

有一天，張五常對同學說：「《射鵰英雄傳》是像《水滸傳》一樣的好文學。」那同學問他為什麼，張五常興緻大發，侃侃而談。他說，《水滸傳》成為「文學名著」，當之無愧。可是，《水滸》問世之初，它的作者施耐庵活着的時候，有沒有人將它當「古典名著」？當然不是！今天視《水滸》為「巨著」的朋友，倘若早出生一二百年，未必會把這什麼施耐庵放在眼裡。施耐庵當年跟金庸一樣，寫出的根本不是什麼「古典名著」，而是「低俗小說」。那時，不僅是「武俠小說」，所有的「小說」都被認定為絕對「通俗」，完全不登大雅之堂。《水滸傳》被提升到「文學名著」的高度並得到大眾普遍認可，已經是施耐庵逝世五百多年以後的事了。因而，「如果《水滸傳》是好文學，那麼，《射鵰英雄傳》也是好文學了」。①這部作品之後，武俠文化不再只是不入流的雕蟲小技，它已經開始進入主流文化圈。

一九五九年，張五常進入美國加州大學，師從現代產權經濟學創始人阿爾奇安，八年後獲博士學位；後在華盛頓大學任教授。一九八二年返港擔任香港大學經濟金融學院院長。

這時候，金庸小說已經風靡全球華人世界。一九五五年始至一九七二年終，正是張五常求學的十七年間，金庸完成了「飛雪連天射白鹿，笑書神俠倚碧鴛」和《越女劍》十五部武俠小說，

① 劉國重《大俗大雅話金庸》，鹿鼎記吧，二〇〇八年七月五日。

緊接着，金庸開始修訂舊版小說，一九八〇年，十五部三十六冊《金庸作品集》全部修訂完畢，台灣遠景與遠流出版公司相繼出版了「遠景白皮版」、「遠流黃皮版」、「遠流花皮版」。張五常最喜歡的還是舊版，即在報上的連載或是結集成冊的初版本金庸小說，他曾經批評金庸的修改「改變了共同回憶」。

張五常說：「我這一代在香港長大的，沒有誰不看老查的小說。」回到香港的張五常接着讀他以前沒讀完的金庸小說，讀着，常常有了新的感悟。他認為，說金庸要從第二次世界大戰後的社會說起。「年年難過年年過，處處無家處處家。當時是一個無可奈何的社會，今天不論明天事，過得一天算一天。市場的取向，是在不知去向的日子中找點刺激。黃色刊物大行其道。廣州出了一個雷雨田，其漫畫刻劃時代，也因為夠『抵死』而銷得。還珠樓主亂放飛劍，牙擦蘇與黃飛鴻鬥個不休，而寫到外國，我們有《陳查禮大戰黑手黨》。老外當時的文化也差不多。從美國運到香港的電影，要不是《原子飛天俠》，就是《銅錘俠大戰鐵甲人》。在上述的文化環境中，好些到香港來的外江佬要寫稿為生。其中兩個比較特別：一個是梁羽生，另一個是金庸。他們談歷史，說藝術，論詩詞；為了生計他們發明了「新派」武俠小說。

張五常用經濟學家的眼光看待金庸的武俠小說創作，他拿施耐庵跟金庸作比較，「想年金庸為了糊口下筆，爭取讀者是重要的」。施耐庵寫作《水滸傳》完全無利可圖，賺不到稿費或是版稅，《水滸》幾乎沒有商業目的，而金庸的武俠小說，卻使作者獲得了商業上的巨大成功，這是兩人最大的區別。他認為，金庸小說的商業性絕對是存在的，問題是商業性程度到底有多大。一九六三年寫作《連城訣》之前的金庸，商業動機非常明顯。《連城訣》之後的作品，經濟上的考慮就很弱化了。第一個三年，金庸寫小說，要掙稿費；第二個三年，金庸要靠小說為草創的《明報》吸引讀者和訂戶。第三個三年，他的武俠小說對《明報》已經不那麼重要了，因為一九六三年《明報》已經站穩了腳跟。此後到一九七二年金庸寫完《鹿鼎記》宣佈「封筆」之時，就幾乎完全不重要了。當時香港二百來萬人口，《明報》十幾萬訂戶幾十萬讀者，市場接近飽和。沒有了武俠小說，多數讀者還是會訂閱《明報》，尤其要看預測時局極准的金庸《明報社評》，繼續連載武俠小說，能增加的訂戶怕也有限。金庸早期作品寫得也很用心，這是由金庸的個性決定的，一件事不做則已，做了總要做到最好。金庸自《連城訣》之後的後期作品寫得尤其用心，因為他的小說在社會上層得到了相當認可，一些大學問家對它們評價也很高，而經濟方面的壓力與誘惑同時大幅降低，他後期的幾部作品的寫作以及後來對舊作的認真修訂，皆有將其當作「文章千古事」來經營的味道。因此，《連城訣》以前作品，金庸寫給讀者，《連城訣》以後的作品，金庸是寫給自己的。

離開美國後，張五常雅興大增，除了是「金庸迷」，書法、攝影和古玩收藏也成為他生活中的重要組成部分。張五常的文章好讀、耐讀，鄧麗君、鐵飯碗、宋徽宗等皆可入文，讓原本枯燥的經濟學妙趣橫生。他說：「這也許是我早早讀了金庸小說的緣故。」

張五常的「武功」，主要是在經濟學上，更準確地說，主要是在合約、產權的研究上。這兩塊對於張五常來說，類似周伯通的兩隻手，使的兩門驚人絕技。在金庸小說《射鵰英雄傳》中，周伯通學會雙手互搏術，武功倍長；張五常也把合約、產權研究透徹，並且把兩者加在一起使用，威力倍增，同樣是所向披靡。

事實上，張五常最初的興趣並非經濟學，而是文史，在大量的閱讀中，他對中國歷史有了初步印象，讀金庸小說更讓他明白，「乾隆之後的中國，輸得一塌糊塗」，「近二百年的中國歷史，翻來翻去，都是淚水」，這可能是他日後斬釘截鐵地說「二百年來最好的中國即是現在」的一個緣由。張五常對中國文化和中國歷史十分鍾情，他曾寫過《徐孺下陳蕃之榻》，講王勃，也曾寫過《情似梵高才勝梵高的徐渭》，講徐文長，這些文章筆力深厚，語言精練，得到非常多人的讚賞。他還把一些粵語，如「扎扎跳」、「濕濕碎」、「走寶」等，直接用於文章，形成了自己的語言風格。「我日日夜夜地寫，剛一寫完，我就知道，這篇文章一定可以傳世。於是我仰天大笑！」這是張五常在中山大學演講時所說，雖已是八十高齡，頑童本性顯露無疑。他的這份天真立刻讓人想起金庸筆下的老頑童周伯通，於是感染了全場，使得笑聲頻頻。

（二）

在《五常學經濟》中，張五常寫兒時的香港，很神往那種氛圍，他的朋友中有很多「奇人」，如金庸。

一九七九年的夏天，張五常收到倫敦經濟事務學社的主編朋友一封短信，說撒切爾夫人要求一個經濟學者回答一個問題：「中國會走向資本主義的道路嗎？」①問題有趣。

一九七九年九月，張五常回到闊別了二十二年的廣州，是從香港坐飛機去的，見到姊姊一家，恍若隔世。

廣州之行，張五常得到清晰的結論：中國需要的經濟改革，要轉到以資產界定權利那邊去。這是改革的關鍵，但要用上什麼機制才能轉過去呢？張五常思索着，尋找着。

一九八一年，張五常找到了答案，寫了《中國會走向資本主義的道路嗎？》一書，斷言中國

① 張五常《推斷與解釋中國》，新浪博客，二〇一七年十月十日。

會放棄大鍋飯而轉向市場的發展。三年之後——一九八四年，他的推斷不差毫厘地發生了。張五常又作出預測：只要開放金融（這包括取消匯管），上海超越香港應該是十年以內的事。他對中國改革的預測準確得令人震撼！

跟金庸當年預測「文革中國」一樣，張五常預知中國未來的能力也使人嚮往。於是，在中國高層會見金庸的差不多同一時期，中國高層的許多智囊也來拜訪張五常。有人評價說：「金庸通過審美、張五常通過理性，帶領我們理解這個世界的發展過程。」

《信報》的《新觀察》專欄刊登張五常的《賣桔者言》，是他帶着香港大學的學生，在春節前的香港市中心年宵市場賣橘子樹，發揮他對自由市場的觀點。

金庸讀了後對人說：「非廣東人可能不知道年宵市場的桔子樹好賣，原來它是和「吉」同音，廣東人圖的是過年吉利。張五常確實敏感，也新奇，他用賣桔者之言解釋自由經濟的可貴，希望能協助中國改革選走的路。」這種桔子樹一般是半人至一人高，所結的是很小的金黃色桔子，廣東花農培植這種桔子樹，單純是為了在年宵市場出售，而客戶買了這種桔子樹，過年以後就丟掉了。

預知未來的能力使人嚮往，經濟學家張五常就有這種本事，很多在內地生活的人都不知道，中國的改革背後有這樣一位經濟學家事先看到了今天中國。張五常是現代新制度經濟學和現代產權經濟學創始人之一，他與二戰後幾乎所有西方著名經濟學家都頗有淵源，非師即友。他的博士論文《佃農理論》，推翻了二百年來西方經濟學家在此問題上的傳統認識，轟動西方經濟學界。他曾在大陸掀起了三波熱潮：二十世紀八十年代，張五常的聲名始播於中國內地，並很快超越了學術圈。其間，兩度晤見中央領導人，並向中國高層領導推薦諾貝爾經濟學獎得主米爾頓・弗里德曼等人。二十世紀九十年代中期，《經濟學消息報》開始刊登張的文章，沉寂了四年的張五常再次受內地關注。二〇〇〇年之後，張五常開始在中國的高校巡回演講，備受追捧，成為「明星」學者。

演講結束後，有人對他說，有的聽眾感到他的話語有點「狂」。「是嗎，我『狂』嗎？」張五常習慣性地將雙手攤開：「我是作為唯一一位未獲諾貝爾獎的經濟學者而被邀請參加了當年的諾貝爾頒獎典禮。花幾十年時間去作研究，這就好似在輪盤賭上下注，我自己已經押了兩個號碼了，但輪盤很大嘛……」

這是一個有爭議的大師，他從不謙虛，自己也承認喜歡信口開河，他張揚、孤傲，性格怪異。然而，也正是這鮮明的個性成就了他傳奇的人生。

張五常喜歡金庸小說，已經不僅僅是因為其文學價值，也不僅僅是因為其滲透着中國傳統文化，還因為其滲透着經濟學思想。

給大一學生上經濟學的課，講到「交易費用」的部分時，他就提及金庸的《射鵰英雄傳》。學過傳統教科書經濟學的人應該都知道，「福利經濟學」用「無效率」作為決策對錯的評價標準，常常指責這種行為那種決策不是最優選擇，存在着「無效率」。然而在經濟學的自私或理性假設的籠罩之下，「無效率」其實就意味着非理性，是違反這個基本假設的——實際上經濟學裡那一堆無效率、非理性、非均衡的帶「否定前綴」的術語全是違反自私假設的。「福利經濟學」其實是自以為是，根本不了解決策者面對的局限條件（往往就是漏看了交易費用），才會將最優選擇錯當成無效率之舉，可謂狂妄自大、無知透頂，還自以為是，對別人指手劃腳。

在講解這一部分的內容時，張五常提及《射鵰英雄傳》中的一段情節：郭靖在桃花島上「偷窺」洪七公與歐陽峰的比武，他身為旁觀者感到非常不解，因為他覺得二人似乎都沒有盡全力攻擊對方，好像是手下留情似的，但這與二人是死對頭的關係有明顯的矛盾。好比其中一人一拳打過去，明明再往前多伸出一寸就能打倒對方，卻收回去了，另一人也有類似的情況。小說寫到這裡，身為作者的金庸跳出郭靖的視角，開啟「上帝視角」進行評論，說其實問題在於郭靖，他的武學經驗還是嚴重不足，造成判斷有誤。洪七公與歐陽峰二人確實已經是拼盡全力地攻擊對手，絕對沒有手下留情。但為什麼一拳打過去差一點點也沒繼續往前打倒對方呢？其實那一拳打到那處，已經竭盡全力了，不可能哪怕只是再往前多遞進一寸，這就是所謂的「強弩之末」。「金庸如果只寫到這一步，我還不會那麼佩服他，他令我如此佩服的，是他更進一步地打了個比方：好比一頭老鷹飛在半空，觀看地上的老虎與獅子打架，於是大惑不解，想：為什麼這兩家伙那麼蠢？不採用『飛上天再往下撲』的策略呢？要是用這策略，立即就可取勝啊。然而我們都知道蠢的不是老虎與獅子，而是那頭老鷹！老虎與獅子雖是地上最強的百獸之王，卻也無法做到『飛上天再往下撲』這樣的事情。老鷹是以己之心（能飛）度他人之腹（不能飛），才會提出如此不切實際的戰術。」

講到這裡，張五常話鋒一轉，回到「福利經濟學」說：「福利經濟學家就是金庸筆下的這頭老鷹，以為自己比市場裡的企業家（也就是老虎與獅子）聰明百倍，卻不曉得他們才是最愚不可及的蠢貨，對市場裡的企業家實際面對的局限條件一無所知，就在那裡誇誇其談。要是他們自己親自下海經商，一定被市場競爭蹂躪得體無完膚，那時他們才能明白自己就只是一介紙上談兵的趙括。」他引用金庸寫的這一段精彩絕倫的「夾敘夾議」的情節，更好地揭示出「福利經濟學」的大錯特錯之處。

有一天，張五常給學生上「國際貿易」的課，講到國際金融裡充滿了錯誤，連貌似很有道理的「利率平價說」其實也是錯的，並舉了一個銀行職員「哄騙」他父親買美元存款產品被他立即拆穿的真實故事為例。他刻意地與金庸小說聯繫起來講課，說撒謊的一大訣竅早在金庸的《鹿鼎記》裡借韋小寶之口告訴大家了，那就是把少量的關鍵謊言混雜在大量的真實卻不重要的細節之中，可將之總結為「韋小寶騙人術」。那銀行職員的騙術也是如此，只講美元存款的利率高於人民幣存款（這是事實），卻不提當時美元兌人民幣一直處於單邊貶值的下降通道之中，於是存款人在利率方面的獲利會被貨幣匯率方面的受損抵銷得乾乾淨淨還不夠。

特立獨行，永不從眾，張五常是目前中國最有爭議的經濟學家之一。這位年過古稀的老頭兒，有點像金庸筆下的老頑童周伯通，不滯於物、口無遮攔，招來了罵聲一片，但武功高強，更令人嘆服。

（三）

張五常有一個習慣：每周逛一次新華書店。一天傍晚，他如常來到書店，瀏覽之間一眼就看到一本書——《金庸小說賞析》，這是百花洲文藝出版社首次出版的第一部「金學」研究的著作。翻看了幾頁，他已經決定要買下這本書。一摸口袋，傻眼了，沒帶夠錢。可是，只剩一本了，若等上一周一定會被別人捷足先登的。靈機一動，他將只剩一本的書「藏」到非文學類的書架中，然後騎着自行車狂奔回家，帶上錢，再狂奔回書店，拿書，付錢，回家，一口氣讀完。

那本書是將金庸小說的十五部小說按寫作的時間先後逐一進行評述，這讓張五常大開眼界。直到今天，他仍然認為這本書是「金學」研究中最好的著作之一，作者陳墨是除自己之外最優秀的「金學」研究者。

與他對比，張五常之所以認為自己的「金學」研究比陳墨強，就是因為他有一般化的理論在手，還有成體系的分析框架，簡而言之就是有比陳墨更完整的科學性，而陳墨即使在最具理論性的《金庸小說藝術論》一書中呈現出來的也只是初具科學色彩而已，還遠遠談不上有完整的科學性。

一九九九年十一月一日，北京作家王朔在《中國青年報》刊登《我看金庸》一文，引起一場筆戰。緊隨其後，張五常也來湊熱鬧，於二〇〇〇年一月十三日寫下了《我也看金庸》一文。一開頭就說：「北京作家王朔，於去年十一月一日在《中國青年報》發表《我看金庸》一文，痛罵「老金」，稱其武俠小說為「四大俗」之一（其它三俗為成龍、瓊瑤、四大天王）。文壇謾罵歷來無足輕重，但查大俠竟然下筆回應，而且是兩次。戴天等高手群起而出，拳打腳踢，文壇一下子熱鬧起來了。查先生的兩篇回應寫得好——我是寫不出來的——但我還是同意朋友的觀點，認為查先生不應該回應。他應該像自己所說的：『八風不動。』王朔的文章沒有什麼內容——『人之易其言也，無責耳矣。』（我翻為：胡說八道的話，不足深究。）查老在文壇上的地位，比我這個『大教授』

高一輩。但他顯然六根未淨，忍不住出了手。前輩既然出了手，作為後輩的就大可湊湊熱鬧，趁機表現一下自己在武俠小說上的真功夫！」

張五常認為，王朔的這篇隨筆是一個小說家的批評，他不喜歡金庸小說，反感甚至厭惡金庸小說，並且把這種個人感受用完全個人化的言辭說了出來。他批評金庸小說的藝術性的低劣與庸俗，屬於對小說藝術的價值判斷，批評金庸小說的社會效果和作家精神世界的落後性，屬於對作品思想價值的判斷。「首先要說的，是王朔之文大有『葡萄是酸的』味道。『四大俗』暢銷，賺大錢——王先生說是資產階級的腐朽。批評賺錢作品不容易自圓其說：收入多少與歡迎程度之間是有一個等號的。『俗』有數解，其中『通俗』這一解是好的。說金庸作品通俗，是對的。王先生所說的『俗』不知何解，但肯定大有貶意。另一方面，要找到四個大受市場歡迎的『不是好東西』，絕不容易。」①

他批評王朔：「是他不懂武俠小說，他捧出一本《水滸》，但看來不知道還珠樓主那類作品，評武俠小說就不免少了一點基本功。……我認為在多類小說中，新派武俠最難寫得好。作者的學問不僅要博，而更重要的是要雜——博易雜難也。歷史背景不可以亂來，但正史往往不夠生動，秘史要補加一點情趣；五行八卦要說得頭頭是道；奇經穴道、神藥怪症，要選名字古雅而又過癮

① 張五常《我也看金庸》，載《學術上的老人與海》，社會科學文獻出版社，二〇〇一。

的；武術招數、風土人情，下筆要像個專家；詩詞歌賦，作不出就要背他一千幾百首。是的，像金庸那類武俠小說，高人如錢鍾書是寫不出來的。你可能說錢大師不屑寫武俠，但『不屑』是一回事，要寫也寫不出來是另一回事了。」

「我對金庸的認識則是『唐宋以來世家子，雪芹而後第一人』，所以不認為金庸有必要對王朔作回應。」

《明報》的朋友說，金庸當時在英國，讀到張五常的文章很高興。大約二〇〇二年，在杭州的一次晚宴中，金庸跟張五常坐在一起。他提到《我也看金庸》，要求放進一本文章結集中，張五常當然同意。①

後來，張五常以《我的「金學」研究》為名發佈二〇〇四年期間撰寫的金庸小說系列評論文章。張五常在《我的「金學」研究》的序言裡寫道：「大學三年級的日記裡有『經濟學是我的妻子，文史是我的情人，但我愛情人勝於愛妻子』之言，然而，後來情況發生了一百八十度的大逆轉，我愛經濟學勝過了愛文學（歷史其實也是經濟學的一個研究對象，所以它也歸入經濟學的範疇，繼續為我所愛）。現在我對真實世界中發生的人和事更感興趣，虛構的文學世界再美我都沒有太

①《張五常論金庸》，五常問答室，第七四期，二〇〇七年七月九日。

大的興緻投入大量的精力去研究了。二〇〇四年那一段時間狂飆突進地撰寫了一大批文學批評類的文章，大概是我這一生中最後一次對文學投注巨大熱情，是最後一次『熱戀』了。」現在還有多少人真的在看金庸小說呢？時間真的是把殺猪刀，能經得起它蹂躪的東西實在是太少太少了！更要命的是，這場與時間的搏鬥還不完全取決於作品是否具有高度的藝術價值。

張五常認為，在「金學」研究的第一個高潮中，只有陳墨的著作能稍稍帶點科學色彩，離真正的巔峰還有漫漫長路。不管怎樣，關於「金學」，一切只能留待後人……

（四）

張五常見過金庸三次。第一次是一九九〇年的春夏之交，凌晨二時多，他正在睡覺，接到梁鳳儀的電話，說查先生要見他。起初張五常以為是查濟民，但聽下去卻是從來沒有見過的查良鏞，樂了，便叫梁鳳儀替他安排時間。殊不知梁鳳儀說：「查先生要你現在去，在山頂道一號，他在家等你。」

於是，凌晨三點張五常駕車到查宅，是一間獨立房子，進門後見到一排一排的線裝書，在書架上放得很整齊，彷彿沒有人翻過。有女傭款待上佳的茶。張五常游目四顧，什麼都很整齊，一塵不染，跟他自己的書桌歷來亂七八糟差太遠了。

金庸來了，遞給張五常看一封英文信，是《南華早報》的信箋，內容是說要購買《明報》，出價可觀。金庸說，他老了，要退下來，因為見到張五常的文章寫得生動可讀，希望他能轉到《明報》來替代他。這麼突如其來，張五常不知怎樣回應。金庸知道張五常是港大的經濟系主任，不容易離職。大家傾談了約一個小時，約好日後再談。

大約過了兩個月，張五常收到金庸的一封信，說他在比利時看牙醫，回港後會再跟張五常討論過檔《明報》的事。再過幾個月，張五常邀請了剛來香港的劉詩昆到港大的一間音樂室演奏琴技，請了數十位知音人，金庸也來了。演奏後，張五常見金庸小心地扶着胡菊人下樓梯，心想，外間傳說查、胡兩人有過節，應該不確切。在自助餐晚宴時，張五常見到林燕妮，卻沒見着金庸，得知他先行離開了。此後金庸再沒有跟張五常聯絡關於任職《明報》的事，而過了不久大家知道于品海接手了該報。

二〇〇二年五月，張五常到北京大學講學，夫婦倆住在北大朗潤園。說也巧，四年前金庸第一次到北大講學，夫婦倆也住在朗潤園。

兩年前，張五常重印英語舊作《佃農理論》時，請一位瑞典朋友寫序。該書後來譯成中文，而該朋友曾經是諾獎委員會的主席，在書袖上介紹了他。這序言竟然誤導了中國的傳媒。一份報章說他是諾貝爾獎候選人，瑞典有關人士正在搜集資料云云。與此同時，美國著名新制度經濟學家諾斯公開說：「如果史蒂芬（張五常的英文名）不回港任職，早就拿得諾貝爾獎。」對此，張五常當然並不認同。

張五常是一個很奇怪的人，作為著名的經濟學家，他公開表明他的學說不是「經國濟世」之道。他說自己不是為了對現實的經濟問題產生影響而研究經濟；「著書立說純粹是為了好玩兒，與功利無關，就像別人畫畫，練書法一樣。當然，跟金庸寫武俠小說是不一樣的」。

緊挨着「金庸熱」，張五常「火」了，縱橫大陸，佈道於大江南北，又行走於廟堂和江湖之間。他的中文著作脫銷，高峰時期，一年要做幾十場演講。「你喜歡張五常嗎？」成為經濟學愛好者的口頭禪和分類標識。說他是世界上讀者最多的經濟學者，大概也不為過。

張五常與金庸一樣，曾經都有提名諾貝爾獎的呼聲，卻至今未登上諾貝爾獎頒獎台。

一九六九年，他以名為《佃農理論——引證於中國的農業及台灣的土地改革》的博士論文轟動西方經濟學界。他的《合約機構與非私產的理論》、《企業的合約性質》等論文繼續發展了他在交易費用以及產權重要性方面的理論。於是，在香港除夕的小攤上看到了張五常的桔子，在香港廣東道看到了他請專家開了一道口的璞玉，在美國華盛頓的果園裡看到了他的蜜蜂……這些目前都已經變成了《賣桔者言》、《蜜蜂的神話》等經濟學理論中被頻繁引用的經典。張五常把自己的經濟學秘笈說得很玄：「我年輕時招數很多，後來漸漸變成只有三招，漸漸又變成只有兩招：在局限條件下，任何人尋求利益最大化；需求曲線永遠向右下方傾斜。」聽張五常談經濟理論，感覺像在讀金庸的武俠小說：用簡單的招式就成為武林至尊。張五常甚至把追女孩子也說成了「賭博」，「人生本來就是一場賭博，我的老婆就是我『賭贏』來的」。

可是，張五常有一項「賭注」從來沒有中過：諾貝爾經濟學獎。一九九一年，他作為唯一的未獲獎人而被邀請參加了當年的諾貝爾頒獎典禮，並且在頒獎儀式上致詞，但離最終的奪魁卻總有一點距離。對這個舉世矚目的桂冠，張五常也有一點傲慢，只不過這種傲慢裡，讓人感到一種酸溜溜的味道。有人問他：「如果有人把你的創見用數學方程式表現出來，結果拿了諾貝爾獎，你是否遺憾？」「其實拿不拿獎是無所謂的，我不會為拿獎而刻意地去做什麼事情。」張五常回答：「有人說諾貝爾獎給我也不要，這完全是胡說八道。」「他們把獎給了弗里德曼，給了科斯，給了諾斯，為什麼不給我？」[1]

①潘田《張五常：「諾貝爾獎為何不給我」》，《新聞晨報》，二〇〇二年四月三十日。

跟張五常不同，金庸公開宣稱無意於諾貝爾文學獎。

一九九九年三月，金庸到杭州，以新任的浙江大學人文學院院長的身份與媒介見面。有記者在儀式上提起，到目前為止諾貝爾文學獎得主沒有一位是中國人，而金庸的老同學正為他攀登這榮譽高峰而奔走。他立即說：「我不會得諾貝爾獎。」他回答：「在我看來，諾貝爾獎的評委是西方國家的多，有反共和反中國的傳統，我一不反共，二又愛國，所以不會夠他們的『條件』。我不會犧牲自己的信念去迎合他們的喜好。所以，這種獎不可能靠『奔走』獲得，也大可不必『奔走』。」他說，諾獎評委們堅持很固定的西方評審標準，他們的西方民主自由思想對中國這一套來說基本上是反感的。言下之意即使將諾貝爾文學獎頒給他，他也不會接受。

張五常在治學從教之餘，寫了大量隨筆，這些隨筆，跟學問有關，跟教育有關，也跟興趣愛好有關。張五常的文字，淺白而淋漓，「我的文章總是暗藏殺機」。他說：「因此很多人勸我去寫武俠小說，但這太花功夫了，我達不到金庸那般的博雜。」但這卻並不妨礙張五常認為自己可以競爭諾貝爾文學獎。

有記者曾問張五常：「有人認為，如果您留在美國，會獲得諾貝爾獎，有更多榮譽。」張五常反問對方：「一九八三年起我轉用中文下筆，是為了對同胞的一點關心，是中國的青年重要呢，還是什麼獎重要呢？」他接着說：「只有科斯一個同意我的看法，兩年前他對一位朋友說，當年催促史蒂芬回港任職，是他平生做得最對的一件事。今天看，如果你說的榮譽重要，那我當年捨英取中的選擇是做對了。我是坐上了中國發展的船：這船沉沒我會沒頂，沒有誰會記得我；這船一帆風順再二十年，我寫下的不會被視作糞土。從來沒有刻意地爭取什麼身後聲名，歷來不重視，但今天看走勢如斯也。神州再起，炎黃子孫要沾一下光理所當然，我是買了上佳的座位票的。」

二〇一八年十一月六日，張五常寫了《日暮黃昏話金庸》一文予以懷念，末尾感嘆道：「金庸舞罷歌台，我自己日暮黃昏。回想二十八年前跟他的簡短交談，感受上是在跟他對弈，因為他感染着我要推敲他是在想什麼。不是舒適的感受。我平生遇到過的學問高人無數，查先生是其中一個。只他一個給我那樣要推敲的不舒適的奇異感。從我的視名頭如糞土的個性選擇，查先生是個不容易交為朋友的人。」

父女仨都是「金庸迷」

——客席研究教授劉再復

劉再復和金庸，高山流水，志趣相投，談文學，聊時事，成為一輩子的「忘年之交」。

劉再復父女仨都是「金庸迷」。大女兒讀金庸研究金庸，小女兒是金庸的唯一記名弟子，跟他學寫武俠小說。

金庸為劉再復的書房起名「讀海居」，他很喜歡劉再復寫的《讀滄海》。金庸撰文推薦劉再復的父女兩地書《共悟人間》，該書受評香港十大好書。

劉再復稱金庸是「壓倒文壇的一棵歪脖大樹」。他曾在美國主持「金庸小說與二十世紀中國文學」國際學術討論會，並發表會議導言，確立「金庸小說在中國現代文學中的地位」。

（一）

劉再復談論過他與金庸相識的過程：「查先生比我年長十七歲，我們是忘年之交，又是摯友知己。我到香港去，潘耀明告訴他，他就很高興，因為我當文學研究所所長的時候，曾寫過一封信給他，想開一個金庸研討會。在香港便一見如故……」這是一九九二年的事。一見如故，自然暢所欲言，金庸是第一次了解這位漂泊者的經歷和思想。

一九四一年，劉再復出生於福建省泉州市南安縣。童年時在飢餓中度過。自他出生開始，便是從抗戰到內戰漫長的八年，這八年裡，中國的鄉村處於近代史裡前所未有的大變局當中。對於劉再復一家而言，更是困難重重：當他七歲時，作為家中頂梁柱的父親不幸病逝。父親病逝後，留下了劉再復兄弟三個，母親守寡養育他們。當劉再復開始上小學時，中華人民共和國已經成立，在沒有實行義務教育的年代，當地的小學只實行一種獎勵辦法：全班第一名免除學費。

「我讀第二名都不行，讀第二名我都會哭的，期中考我第二名我就會哭，我一定要期末得第一名，否則我下個學期沒法讀了。」時隔半個多世紀之後，劉再復言及當時「做不了第一就會失學」的恐懼感，仍然心有餘悸，有一次期中考試，劉再復考了全年級第二名，自己偷偷地哭了一場，母親知道後，用柳條把他狠狠地打了一頓。

童年的磨難鍛煉着劉再復的意志，逐漸長大的他，體會到了母親的不易與艱辛。那時正好是自然災害與國家建設的困難時期，劉再復時常是帶着一罐鹹蘿蔔去學校，一周後再把空罐子帶回家，如此往復，便是他每天的菜餚。但他仍然堅持苦學，絲毫不懈怠，十五歲時，考入高中的劉再復因品學兼優被選為少先隊輔導員。整個中小學階段的劉再復，受到了學校、老師格外的關愛。因此，在懷念自己一位老師的散文中，劉再曾如是感慨：「在我的夢境中，在我的心坎裡，總是那樣甜蜜，總是那樣和暖，總是那樣神聖。」

在這樣的苦境下，一路拿獎學金、靠學校救濟的劉再復考入了厦門大學中文系，並於一九六三年被選入中國社會科學院文學所進修，先在《新建設》雜誌任編輯，然後從事魯迅研究，著述頗多。

一九八五年，劉再復出任中國社會科學院文學所所長與《文學評論》主編。在這一年，他發表了《論文學的主體性》一文，提出的「人物性格二重組合原理」及「文學主體性」等理論以「人」為核心重建文學觀念，強調文學的獨立性，在文學界引起關注和爭論。次年，劉再復的代表作《性格組合論》出版，這是當代中國美學史中一部具備里程碑意義的著述，重新定義了文學作品中「人物性格」這一核心要素，理清了人與文學的真正關係。《性格組合論》被評為一九八六年全國十大暢銷書之一，並獲一九八七年金鑰匙獎。

一九八八年，劉再復受邀參加諾貝爾文學獎的頒獎典禮，他成為瑞典文學院邀請參加典禮的第一位中國文學學者，這一年的獲獎者是埃及小說家納吉布·邁哈福茲。

一九八九年，劉再復前往美國，在科羅拉多大學東方語言文學系擔任客座教授。走出國門的劉再復，開始了自己人生的第二個旅程。用他自己的話說，就是「漂泊者」的生涯。他決定辭去文學所所長的職務，遊學世界，成為一位名副其實的「漂泊的思想家」。

一九九一年，劉再復在前往日本的途中到香港作短暫停留，金庸得知消息，就約他見面吃飯。因幾年以前，劉再復曾以社會科學院文學研究所所長的名義給金庸寫信，說研究所想舉辦一個金庸研討會，盼能得到他的支持。金庸沒有回信，這回，金庸就以此為由頭，說三年前收到信後不知如何決斷，此次來香港，正好可以見面討論一下。這樣「一見如故」便成為摯友。

在二十世紀八十年代中後期，出現了金庸小說研究的第一個高潮。這個高潮中最激動人心的是對金庸小說兩種截然不同的認識的交鋒，從感性欣賞開始，逐漸獲得定性認同，最終得以確立金庸小說在中國大陸的文化地位。劉再復發現周圍的人都在談論金庸小說，連他身邊的兩個女兒都是「金庸迷」。他想，「金庸無處不在，文學研究所不能迴避這個巨大的文學現象」，他有意籌辦金庸作品討論會，但得不到及時的回應。後來，他到歐洲再到美國，發現「金庸熱」如影隨形，便有感而發寫了《我身邊的金庸迷們》一文，載於金庸主辦的《明報月刊》一九九四年十二月號上。「我兌現了十幾年的一個心願。」一九九八年五月，劉再復在美國科羅拉多大學與葛浩文教授一起主持「金庸小說與二十世紀中國文學」國際學術討論會，參會者包括來自中國內地、香港、台灣，以及英國、瑞典、日本、加拿大的二十六位學者和作家，以及來自美國各大學的十五位教授和博士研究生。

金庸破例親自赴會，謙稱自己是來聆聽「高人」指點的。

見面的時候，小女兒劉蓮害羞地站在父親身邊，不敢做聲。

劉再復對金庸說，劉蓮小時候因為看了他的武俠小說，夢想着當個武功、道義、膽魄三全的俠女。而且在小學時就開始自己寫武俠小說，名為《五女暗器震天下》。

聽此，金庸很高興，跟劉蓮聊了起來，問她最喜歡他寫的哪部小說？劉蓮說：「我最喜歡的是《神鵰俠侶》。」那時她正值青春年少，情竇初開，對於「問世間，情為何物，直叫生死相許」的愛情癡迷嚮往。說着，越來越放鬆了，大方地聊了起來。劉蓮五歲就看金庸小說，十二歲時對金庸十五部作品中的故事情節背誦如流。隨父親到美國，當時一家人都沒有美國的身份證，但因為居住在美國，她就免費進了中學。高中成績優異，因此上大學時得到了三項獎學金，學費與生活費全免了。

金庸笑眯眯地聽着，特別平易近人。沒想到這次見面，也就有了後面的師徒緣分。第二次見面，即二〇〇二年八月五日在香港，晚宴上，劉蓮拿出了一本《連城訣》請金庸簽字。萬萬沒想到，他竟寫下了：「劉蓮記名弟子：平生唯一弟子。」劉蓮驚喜得一時說不出話來，望着那溫暖充滿笑意的眼神高興地叫了一聲「師父！」就這樣，劉蓮成了無數人羨慕的金庸大俠的記名弟子。金庸也在一份聲明中寫道：「我真正的學生一個是劉再復的小姐劉蓮，另外三個是浙江大學的博士生……」後來又說：「我不會武功，不收徒弟。創作小說完全是靠靈感，靈感是天生的，根本不是教出來的。我唯一的徒弟是劉再復的小女兒，她當時寫武俠小說，請教過我。」①

深得金庸喜歡的劉蓮，不但被金庸收為唯一「記名弟子」，更寫下對聯送給她，「偏多熱血偏多骨，不悔深情不悔癡」。被問及這副對聯的意義，劉再復跟記者感嘆：「熱血沸騰，很有骨氣，人家說他癡情，這一點他也不悔恨！這寫的，正是金庸自己。」劉蓮是學軟件的，在金庸指導下寫過多篇女英雄系列武俠小說。

就在這次國際學術討論會上，劉再復發表導言說：「我們有理由相信，缺少充分評說金庸作品的二十世紀中國文學史是殘缺不全的文學史。如果我們能夠在二十世紀中國文學變遷史的大背景下看金庸的作品，如果我們不囿於對二十世紀中國文學史的一般解釋去看金庸，如果我們能夠

① 劉蓮《師父，一路走好！》，《華文文學》，二〇一八年第六期。

不帶偏見看問題，就會看到金庸對二十世紀中國文學做出了獨特的貢獻。他真正繼承並光大了文學劇變時代的本土文學傳統；在一個僵硬的意識形態教條的無孔不入的時代保持了文學的自由精神；在民族語文被歐化傾向嚴重侵蝕的情形下創造了不失時代韻味又深具中國風格和氣派的白話文；從而將源遠流長的武俠小說傳統帶進了一個全新的境界。……金庸的傑出成就使他在二十世紀文學史上享有崇高的地位。」①

劉再復認為，用極富韻味的白話文構建武俠世界的金庸，早已經成為華人世界的共同語言，「金庸的小說是香港的特產。」

研討會期間，劉再復與金庸私下進行多次的促膝談心，劉再復表示，自己在海外絕不投身政治，只守持價值中立的中性立場。金庸很贊同，說這乃是知識的立場，真理的立場，這種立場也有關懷，是對民族和人類的終極關懷。

媒體人李懷宇到香港，問劉再復：「金庸的小說為何是香港的特產？」劉再復回答：「金庸正好是利用了香港這個自由的地方，進行自由想像，不拘一格。中國現代文學只有家國、社會、歷史維度，缺少想像力，金庸小說填補了這個缺陷。」談及商業社會香港，劉再復意外地沒有太

① 劉再復《金庸小說在中國現代文學中的地位》，《當代作家評論》，一九九八年第五期。

多批評，而是說：「香港是非常好的地方，有魯迅所說的『漢唐氣魄』，全世界各種文化它都拿來。所以要好好珍惜，『五十年不變』的戰略抉擇非常正確。」他又提及作家金庸，指不管對其作品如何評價，以中文寫作、發行一億冊以上，他的讀者覆蓋面是中文文學領域最廣的，「金庸這個名字已成為全球華人的共同語言」。

於是，劉再復引見李懷宇訪問了金庸。

劉再復於一九九八寫的《百年諾貝爾文學獎和中國作家的缺席》，為金庸與諾貝爾文學獎失之交臂而抱不平，「像金庸這樣的小說大家，他的《雪山飛狐》和《鹿鼎記》英譯本，也是近一兩年我才看到的。今年我參加召集的「金庸小說與二十世紀中國文學」國際學術討論會，與會者（都是中國現、當代文學史的學者教授）多數都認為，金庸的貢獻恰恰是把本屬通俗文學範圍的武俠小說提高到傑出嚴肅文學的水平。在會上，我提出一個論點，即本世紀的中國文學在世紀的前二十年發生分裂，之後便形成兩大流向，一是在「五四」命名並佔文學舞台中心位置的『新文學』流向，這一流向的代表是魯迅、周作人、胡適、郭沫若、聞一多等；二是處於文壇邊緣地位的『本土文學傳統』流向，這一流向的代表是李伯元、鴛鴦蝴蝶派諸君、張恨水、張愛玲、金庸等。金庸是本土文學傳統的集大成者。他真正繼承並光大了文學劇變時代的本土文學傳統；在一個僵硬的意識形態教條無孔不入的時代，保持了文學的自由精神；在民族語文被歐化傾向嚴重侵蝕的情形下創造了不失時代韻味又深具中國風格和氣派的白話文；從而把源遠流長的武俠小說系統帶進了一個全新的境界。金庸小說本不容易被學院派文學教授所接受，但它卻以自己不平凡的藝術魅力和最廣大讀者的支持，逼使教授們不能不注意和研究，但因為它太暢銷、讀者覆蓋面太大，而瑞典文學院向來不喜歡暢銷書，所以反而不容易進入他們的視野。」

此後，劉再復到香港有七八次，每次金庸都要宴請他全家，見面時總是無話不說，從文學到政治，從歷史到哲學，從中國到美國，從武俠小說到荒誕小說，沒有什麼可迴避的話題。

（二）

也許都有過漂泊的經歷，劉再復與金庸成為忘年之交，又是摯友知己。金庸在一封信中寫道：「親愛的再復兄：在給一般中國朋友寫信時，如照外國慣用方式，稱之為『親愛的』，常常覺得肉麻，決計不用。但用在你身上，我覺得很自然妥當，第一，我心中的確對你有一種『親近』而『愛之重之』的感覺；第二，你先用在給我的信中；第三，我們是道義之交，我對你佩服而尊敬，決無任何可能誤會為 Gay 的感情。」

「我和查先生的交往起步於海外歲月。他給我的情誼當然是友情，但因為情感太真，太深，有時給我寫的信，竟然像是「情書」（我妻子陳菲亞開玩笑時使用過這個概念），查先生在一九九八年五月給我的一封信中說，他一天想念我三個小時，一個星期就想念二十一個小時。字字句句至情至性，令我難忘。給我最大溫暖的是他。」劉再復回憶說。

有一次，劉再復在金庸家閑聊，說有點想念自己在美國的「象牙之塔」，想念每天潛心讀書、寫作和思考的生活，「跟野兔、松鼠、太陽的關係，大於人際關係」。與寫作《性格組合論》那一時期相比，劉再復說，現今的狀態更為沉靜，好比達摩面壁，「八十年代，我有太多世俗角色，現在要進入本真角色」。

一九九四年，劉再復的北京寓所不能回了，金庸安慰他：「西湖邊上，我正在蓋一座房子，蓋好後你搬進去住吧！」劉說：「我現在不可能返回國內。」於是作罷。

劉再復生性喜歡獨立不移，自立不依，不喜歡人云亦云，攀援依附，金庸特別為他寫下「山頂獨立，海底自行。再復兄為學之道也。」劉再復請他為美國的書房起名題字，他立即說，「你喜歡海，寫過《讀滄海》，書齋名字就叫做「讀海居」吧。」於是，就提筆寫下：「再復兄在美書舍：讀海居。弟金庸敬書。」後來，金庸的海寧家鄉蓋建「金庸書院」，需立塊石碑，金庸請劉再復作一碑文，劉說：「您太能寫，我還怎麼寫呢？」始終不敢提筆，這一筆「債」就這樣欠着。

金庸在世紀新修版《金庸作品集》的序言中寫道：「在劉再復先生與他千金劉劍梅合寫的《父女兩地書》（共悟人間）中，劍梅小姐提到她曾和李陀先生的一次談話，李先生說，寫小說也跟彈鋼琴一樣，沒有任何捷徑可言，是一級一級往上提高的，要經過每日的苦練和積累，讀書不夠多就不行。我很同意這個觀點。我每日讀書至少四五小時，從不間斷，在報社退休後連續在中外大學中努力進修……」

劉再復赴美時，大女兒劉劍梅正在科羅拉多大學東亞系攻讀碩士學位，一九九七年獲得美國哥倫比亞大學漢學系博士學位，師從於王德威教授，後在美國馬里蘭大學擔任終身教授，在現代文學研究方面有不凡的成績。

二〇〇〇年，父女倆合著的《共悟人間》在香港出版。這一摞以「小梅」和「爸爸」做稱謂的對話，一開篇即沉鉤於深海，形而上與實態交錯：他們寫「香港大都市的隱喻」，寫「芝加哥學群」的精神取向，關切「九・一一」後美國的文化轉機，再從阿富汗女人揭開面紗的「婦女解放」討論，及至春樹「身體書寫的末世景象」。在那樣一種形式中（書信體），沒有避諱，沒有顧忌，沒有心的藩籬，沒有功利和世俗的門戶之見，爭論都充滿了詩意。在父女間的文字交流中，能感受到老學者的執著，年輕一代學者的敏銳，還能感受到父女倆的深沉思考、哲思涌流、靈犀相通，以及相濡以沫的溫馨情感。

《共悟人間》得到金庸的大力推薦，被香港電台評選為香港「二〇〇二年十本好書」之一。金庸以推薦嘉賓的身份回答主持人問話，透露了他與劉再復父女的交往和友情，《明報》刊登了這次對話。金庸說：「我跟他兩父女都熟稔，劉先生有兩個女兒，劍梅是大女兒。看這本書，就像看到兩個朋友在討論文學問題，除了領略到他們父女之間的親情外，亦可學到很多知識。」金庸認為，劉再復離開了中國大陸，身在美國，對內地的爭鬥置身事外，所以能夠以旁觀者、以平常心客觀地看大陸的情況。共悟人間的「悟」就有看透的意味。「我推薦這本書給年輕人，並非要求他們有所頓悟，畢竟他們還年輕。許多時候，人要親歷其境，再跳出來，才會到達『悟』的境界。」①

劉劍梅研究現代文學，也研究金庸小說，她發表的「金學」論文有《論金庸小說中的性別政治》、《金庸現象：中國武俠小說與現代中國文學史》，為擴大國際影響，還是用英文寫的。二〇一三年初，劉劍梅「落戶」香港，擔任香港科技大學人文學部副教授。

① 金庸《站在旁觀者角度看透人生》，《明報》，二〇〇二年四月二十日。

（三）

二〇〇〇年秋季，劉再復回到香港，在城市大學中國文化中心擔任客座教授。他的研究興趣返回古典，譬如他在《共鑑五四》中，站在中國傳統文化的轉折點上，較為系統地梳理了「啟蒙」與「革命」的複雜關係；《紅樓四書》則是劉再復站在時代與理論的前沿對《紅樓夢》的全新詮釋，用劉再復的話講就是「重新擁抱文學的幸福」；另一部較有影響的《雙典批判》，則是基於民族劣根性的批判，對《水滸傳》與《三國演義》進行重構性的解讀。

二〇〇一年十月，劉再復、劉劍梅父女在《亞洲周刊》開闢「專欄」，談論「九·一一」事件之後的世界變局，金庸每篇都看。讀了《生存的第三空間》便鄭重地寫了一封祝賀信，說：「你們兩位基本上已找到『第三空間』了，殊可慶賀。」他說他自己也嚮往「第三空間」，所以筆下的人物，如令狐冲、陳家洛、張無忌等都不是極端性人物，採取的都是中道立場。這封信寫於二〇〇一年十月三十一日，但他囑劉不要發表，以免讓人們議論他屬於哪個空間。

兩人私下曾多次談論這個話題，中國近代知識份子做的是兩個大夢，一個是「國家富強夢」，一個是「個體自由夢」。我們的所言所行都要「合中道」（價值中立，不左不右，不走極端）、「合人道」（任何時候都不忘人的尊嚴與人的價值）、「合天道」（超越族界、國界、語界而着眼於全人類的利益）。金庸還特別補充說，在中國，我們的一切言行，一定要合鄧小平的改良之道，不走激烈的暴力革命之道。對於鄧小平，劉再復也給予極高的評價，說：「中國歷代的大改革家都以失敗告終（從商鞅一直到光緒），唯有鄧小平成功了。這麼大的國家，這麼大的變革，沒有戰爭，難已完成，但鄧小平卻用自上而下的和平方式完成了改革，很了不起！」金庸很欣賞他的看法，說我們都要當「擁鄧派」。①

二〇〇四年，劉再復首次回到內地，在廣州作學術演講，一時間，「劉再復熱」被再度提起，出版社、雜誌社紛紛開始刊登劉再復的著述。除了出版著作之外，劉再復還多次在大陸進行學術講座，並受聘擔任廈門大學客座教授，執著、勤奮地進行一種新的經典解讀與文化實踐。作為「漂泊的思想者」的他已然成為國內學界、媒體所共同關注的一個文化名人，只是，此「漂泊」並非是去國離鄉之漂泊，而是劉再復依然在求真、向善、唯美的文哲學術之海裡「漂泊」。

二〇〇九年秋天，金庸在香港請劉再復吃飯，劉再復對金庸說：「我離開的時候一個中國，我現在回來好像另一個中國似的，所以我回來了，而且我確信，現在我們中國可能是鴉片戰爭以後，這一百五十年來最好的時期。」

① 劉再復《想念金庸》，《思想潮》，二〇一九年一月十四日。

二〇一〇年初，劉再復《漂流手記》第十卷《大觀心得》在金庸主持的明報出版社出版。劉再復選擇了從信仰與文化的角度切入，他認為中國只有「人」的文化，中國的文化裡並不存在西方世界信仰中的「此岸、彼岸」。沿此引申，劉再復指出「中國文學中一向缺乏靈魂的呼告，只有鄉村情懷」。但「談靈魂也有多種談法」，劉再復認為在中國傳統文化的背景下，「靈魂」所指的應是人的「本心」。平日講的回歸經典裡的「典」，他稱就是回歸到「自我」。他嘆道，可惜現在很多的「本心」都被物質和功利所覆蓋了。他認為，高於道德的境界是「天地」境界。（張璐詩：《劉再復：中國文學只有鄉村情懷》，《新京報》二〇一〇年四月三日。）讀了贈書，金庸稱之為劉再復二十年在海外的「心靈漂泊史」。

有一次，詩人瘂弦訪港，劉再復等朋友陪着在金庸家喝酒。瘂弦見女主人林樂怡也會大口喝酒，就說：「台灣有酒黨，香港沒有，香港是否也可立個酒黨。」大家說好，請金庸寫個酒歌。金庸不假思索，立即念出：「人生苦短，婚姻苦長，何以解憂，快入酒黨！」詩句冒出來之快，讓大家很驚訝！劉再復想，他才思敏捷，判斷準確，是很罕見的，難怪他寫了無數的社論、社評。

二〇一五年，兩家人一起吃飯，金庸問劉劍梅的英文新著是什麼題目，劍梅告訴他是《莊子的現代命運》，他建議，「最好是用《莊子與中國現代文學》，這樣人們容易了解與接受。」

此時，金庸已年過九十，他告訴摯友，他已正式成為牛津大學歷史學博士了。他特別說明，牛津大學文學系早給他「榮譽博士」學位，但他要的不是「榮譽」，而是「學問」，所以一定要真正讀進去，真正寫作英語博士論文，他研究與寫作的題目是「唐代皇位繼承問題」。論文對人們普遍認可的唐太宗李世民有許多批評，他說是李世民殺掉自己的兄長和逼迫自己父親退位，這不是楷模行為。李世民也有許多人性的弱點。為了這個，他讀了許多英文著作，覺得知識長進了。

劉再復與金庸最後一次見面是二〇一六年秋天，當時他在香港科技大學人文學部擔任客座教授，與潘耀明、劉蓮到金庸家裡，發現他的身體大不如從前了，站起來需要兩個人扶着（一個是醫生，一個是他的秘書）。他的太太林樂怡在旁指揮。當時，劉再復覺得必須抓緊機會，看看他的書房，以「窺視」他的寫作秘密。林樂怡在他耳邊說了，他點點頭說：「可以，再復兄是個例外，讓他到樓上看看。」劉再復上樓進入金庸的書房，看了大約十分鐘，這才知道，他的四周擺的主要是歷史書籍，不是文學書。①

二〇一八年十月三十日，身在美國的劉再復從女兒那裡得知金庸去世的消息，他表示，心情只能用「天崩地裂」四個字來形容，並作出三幅挽聯來哀悼好友，第一幅是「天崩地裂，萬古雲

① 劉再復《想念金庸》，《思想潮》，二〇一九年一月十四日。

霄變易書劍齊落；江翻湖泣，一代江山飄搖神人同悲。」第二幅是：「雄視古今，開創經典韻味的武俠話語；蜚聲中外，突顯江湖想像之道義神功！」第三幅是：「哲人遠走，重如泰山，足音響遍地球；天筆回歸，美似落日，光明普照人間。」

近幾年，劉再復每年秋天都會回中國香港，擔任高校客座教授和客席高級研究員工作，為期五個月。儘管每次踏訪、學術交流以及演講，都帶有獨到的觀點，但劉再復心裡明白，無論是講課、對話 還是講演 寫文章：「都意識到自由完全在自己手中心中，即自由全在於自身對自由的覺悟中，該說的話就說，不情願說的話就不說，既不媚俗也不媚雅，既不媚上也不媚下，既不媚東也不媚西，既不媚左也不媚右。」

而此時，這位把中國護照視為自己「最後一片國土」的孤獨的思想漂泊者，正在美國洛磯山下的科羅拉多家中，一邊讀書寫作，一邊割草種菜。他熱愛體力勞動，每天都流一身大汗。「現在我與野兔、松鼠的關係已大於人際的關係。生活很好，一切思索都帶着這裡黎明的清氣。」劉再復對朋友說。

讀不進去魯迅就讀金庸

——魯迅研究專家錢理群

錢理群是研究魯迅的，金學研究是他的副業。用他的話說，「讀不進去魯迅就讀金庸」，「我對金庸毫無研究，僅僅是他的作品的愛好者」。

錢理群一九三九年一月三十日生於四川重慶，祖籍浙江杭州。北京大學資深教授，博士生導師，並任清華大學中文系兼職教授，中國現代文學研究會副會長，中國魯迅學會理事，《中國現代文學研究叢刊》主編。主要從事現代文學史研究，魯迅、周作人研究與現代知識份子精神史研究。二十世紀八十年代以來中國最具影響力的人文學者之一。他以對二十世紀中國思想、文學和社會的精深研究，特別是對二十世紀中國知識份子歷史與精神的審察，受到海內外的重視與尊重。

錢理群竭力主張將金庸的文學成就寫進二十世紀中國文學史，並且給予突出的位置。

（一）

不高的個頭，大大的腦袋，光禿禿的頭頂，只有周圍還保存着些許「植被」，有人說，錢理群長着一副金庸小說裡老頑童周伯通的可愛模樣。

錢理群最先接觸的金庸小說是《射鵰英雄傳》。

一九八一年，剛剛碩士畢業並留校任教的錢理群，正在給北京大學中文系的學生講「中國現代文學史」。那天，一個與他經常來往的學生跑來問他：「老師，有一個作家叫金庸，你知道嗎？」錢理群一片茫然，他確實是第一次聽說這個名字。

這位學生半開玩笑半挑戰性地對他說：「你不讀金庸的作品，就不能說完全了解了現代文學。」並且告訴他，幾乎全班同學都迷上了金庸，輪流到海淀一個書攤用高價租金庸小說看。那時候的金庸小說，主要是從書攤借，大多數是盜版，情節刪減很多。當時的學校裡，很多同學共享一本金庸小說，即便書籍在傳閱過程中卷邊發黃，仍然是炙手可熱的流行品。

令錢理群驚訝的是，學生們公開對他說：「金庸作品比您在課堂上介紹的許多現代作品要有意思得多。」

這是第一次有人向他提出金庸這樣一個像他這樣的專業研究者都不知道的作家的文學史地位問題，錢理群大吃了一驚，卻不免有些懷疑：這或許只是年輕人的青春閱讀興趣，是誇大其辭的。

後來有一個時刻，錢理群陷入了極度的精神苦悶之中，幾乎什麼事不能做、也不想做，一般的書也讀不進去；這時候，他想起了學生的熱情推薦，找來了《射鵰英雄傳》，沒料到拿起就放不下。從此，他開始讀金庸的小說，讀完了他的主要代表作。①

有一天，錢理群在讀《倚天屠龍記》時，看到「生亦何歡，死亦何苦，憐我世人，憂患實多」這四句話時，突然有一種被雷電擊中的感覺：「這不正是此刻我的心聲嗎？」於是，錢理群將它抄了下來，並信筆加了一句：「憐我民族，憂患實多」，寄給了他的一位研究生。幾天後，收到回信，他竟然呆住了：幾乎同一時刻，這位學生也想到了金庸小說中的這四句話，並且也抄錄下來貼在牆上，「一切憂慮與焦灼都得以緩解……」正是金庸的小說將這對師生的心靈溝通了，震撼了。

對這樣的震撼心靈的作品，文學史研究、現代文學史研究能夠視而不見，摒棄在外嗎？作為北京大學中文系擔任現代文學研究的老師，錢理群不得不鄭重考慮這個問題。

可是，在當年，金庸小說和鄧麗君的歌曲同被歸入「精神污染」之列，要在北京大學這座中國最高學府公開研究金庸，以錢理群的身份是不敢造次的。無奈之下，他將自己的遭遇和心境告訴了中國現代文學研究的泰斗嚴家炎。嚴家炎也是金庸迷，且在美國講授過金庸小說。

① 錢理群《金庸現象引起的文學史思考》，《北大校友》，二〇〇五年十一月號。

不久，香港無線電視台拍攝的電視劇《射鵰英雄傳》在全國熱播，萬人空巷。在那個娛樂文化蒼白的年代，金庸的名字開始在內地變得十分響亮。這時候，嚴家炎教授打破堅冰，率先在北大開設了「金庸小說研究」課，隨後出版了《金庸小說論稿》。

錢理群一九八五年與黃子平、陳平原共同提出了「二十世紀中國文學」的概念，強調新概念的提出：「並不單是為了把當前存在着的『近代文學』、『現代文學』和『當代文學』這樣的研究格局加以打通，也不只是研究領域的擴大，而是要把二十世紀中國文學作為一個不可分割的有機整體來把握。」作為一個富有創見的中國現代文學研究者，錢理群承認「對金庸研究，僅僅是他的作品的愛好者」。之所以說對金庸做出思考，是出於建立起自己的文學史敘述體系的需要，是在考察中國現代文學「雅俗關係」中「獲得了對本世紀文學發展的某些質的認識」。

錢理群認為，中國的傳統文學發展到二十世紀，必須有一個新的變革，變而後有新生。「這樣，五六十年代，金庸這樣的集大成的通俗小說（武俠小說）大家的出現，不僅是順理成章，而且自然成為中國通俗小說現代化的一個里程碑。」「通俗小說的最終立足，卻要仰賴這樣的大師級作家的出現。在這個意義上，我們可以說，正是因為有了金庸——有了他所創造的現代通俗小說的經典作品，有了他的作品的巨大影響（包括金庸小說對大、中學生的吸引，對大學文學教育與學術的衝擊），才使得今天有可能來討論通俗小說的文學史地位，進而重新認識與解構本世紀文學史的歷史敘述。我們的這種討論，並無意於在「新文學」與「通俗文學」及其經典作家魯迅與金庸之間作價值評判，而是要強調二者都面臨着『現代化』的歷史任務，並有着不同的選擇，形成了不同的特點。」

基於此，錢理群觀點鮮明地提出了「金庸小說的出現，對我們的現代文學研究提出了嚴峻的挑戰，我們必須認真思考，研究，討論，作出回答」。而且，他化解了「狹隘的文學觀念」的挑戰，將金庸寫進了他自己的「現代文學史」的敘述體系，他主編《彩色繪圖本中國文學史》時，將金庸小說作為「現代通俗小說」成熟的標誌，給予金庸在文學史上的重要地位。

一九九八年五月中旬，美國洛磯山麓的科羅拉多大學以「金庸小說與二十世紀中國文學」為題舉行了一次國際學術研討會，與會學者從方方面面觸及了與金庸小說有關的多個課題。儘管眾說紛紜，但是有一點是共同的，那就是幾乎所有的學者都認同金庸小說在二十世紀中國文學中佔有顯赫的地位。錢理群的發言，給予金庸小說極大的評價，認為金庸小說是二十世紀中國文學的奇葩，而且是一個不可忽視的文學現象和文化現象。金庸小說之所以有吸引力，在於「金庸武俠小說裡的江湖世界包含兩個成份：一是為了補償現實的遺缺，而在想像中創造(幻化)出彼岸的、超越的、理想的烏托邦境界；另一組充滿殺機（危機）的世界，這是現實世界的折射，是此岸世界對彼岸世界的侵入。兩者互相對立又相互依存，從而在世俗社會與理想境界之間，在此岸與彼岸的聯結中，實現了文學的審美作用，並在一定程度上起到了『類似宗教的作用』」。①

錢理群認為，「金庸之爭」背後實際上是「雅俗之爭」，從中可以看到一種十分落後的文學史觀還在文壇產生着很大影響。他指出，「五四新文學運動」解決的一個重要命題便是，不再把雅俗文學對立起來，而將雅俗之間的互相制約、互相影響視為文學發展的內在動力。現在一些人仍盲目地鄙視通俗文學，實際上是文學觀念的倒退。他特別強調：「率先發現民間文學的意義，肯定其文學史價值，本來就是北大的學術傳統之一，也許這可以解釋為什麼今天北大會成為金庸研究的『重鎮』。」

錢理群甚至提出，從雅俗文學發展脈絡的角度，金庸有可能與魯迅呈「雙峰並立」之勢。在說明因何給金庸以如此高的文學地位時，錢理群表示：「這並不是單純對金庸個人的評價，而是對通俗小說在中國現代文學史地位的重新評估。」他進一步解釋，「新文學運動」以後，文學發

① 伍幼威《金庸小說進入西方文學殿堂——「金庸小說與二十世紀中國文學」國際研討會現場報道》，《明報月刊》，一九九八年八月號。

展分為兩個脈絡，一個是以魯迅為代表的「雅文學」，一個是沿「鴛鴦蝴蝶派」路子發展下來的「俗文學」（這裡的雅、俗之分不含價值判斷）。以前「俗文學」一直被排除在文學史研究對象之外，近年來，它的迅速發展推動了文學研究，張恨水、張愛玲、徐訏等作家受到重視。但是，如果沒有金庸這樣的「大家」出現，這條線索很難成為「史」。有了金庸，它就可作為與「雅文學」並行發展的獨立線索被提出來。如果這種提法成立，將是對現代文學史研究的重大突破。金庸的地位也必然是相當高的，因為他是另一條文學發展線索的代表作家。錢先生說：「從這一角度而言，當然也僅僅從這一角度，金庸可與魯迅『雙峰並立』。魯迅是『雅文學』的開端，也是巔峰；『俗文學』經過一個漫長的發展過程，到金庸成為『集大成者』。」①

二〇〇四年，錢理群在杭州大學「金庸學術討論會」上發言，說：「我對金庸的閱讀是相當被動的，可以說是學生影響的結果。」接着，他從文學史研究的角度談了看法：「如果說《莊子》和上古神話的想像力傳統只為魯迅等少數新小說家繼承；那麼，或許可以說在以金庸為代表的武俠小說中，就得到了較為充分的發展。我們是不是可以從這個角度去探討魯迅的《故事新編》與金庸武俠小說中的某些內在聯繫呢？——其實，《故事新編》裡的《鑄劍》中的『黑色人』就是

① 王鵬《金庸小說三十年》，《京華時報》，二〇〇八年十月三十一日。

古代的『俠』。提出這樣的『設想』，並不是一定要將金庸與魯迅拉在一起，而是要通過這類具體的研究，尋求所謂『新小說』與『通俗小說』的內在聯繫，以打破將二者截然對立的觀念。」

錢理群把金庸小說放到中國文學發展的背景下加以考察，肯定其在文學史上的地位，從而給金庸研究者們明確了一個共同面對的課題和任務：沿着類似的角度，定位金庸，以期實現文化建構的價值取向。「或許我們可以作這樣的一個比喻：在台球比賽中，一球擊去，就會打亂了原有的球陣，出現新的組合；金庸的小說也是將現有的文學史敘述結構打亂了，並引發出一系列的新的問題。」

從嚴家炎的「文學史研究者的責任」，到錢理群的「作出回答」，到《中國現代文學史》的錄入金庸，金庸的「挑戰」得到一定程度的解決，同時，顯示了學界重構出一個新的現代文學史的敘事體系。

曾經向他推薦金庸的學生有的早已經是「金學」專家了，如在央視「百家講壇」評說金庸的孔慶東。

（二）

金庸一九九四年十月到北京大學訪問時，錢理群第一次與他謀面。

嚴家炎教授向金庸介紹錢理群：「老錢是個標準的北大人，從一九五六年北大讀本科，到一九七八年考上北大研究生，再到後來在北大當教授當博導，他的一生，幾乎都打上了北大的烙印。老錢是研究魯迅的專家，可他也是個金迷，讀武俠小說比我還早呢。」

錢理群謙和地笑了笑：「我只是金庸小說的愛好者，說不上有什麼研究。」開始，金庸喚他「錢教授」，後來聽師生們都喚他「老錢」，金庸也就喚他「老錢」了，錢理群也樂於這麼喚他。

兩人由閑聊入題。

錢理群說：「我的小時候是在南京度過的。六歲的時候，我參加了電影《三毛流浪記》的拍攝。」

「你演的三毛？」金庸問。憑他那個大腦袋，是很適合演三毛的。

「不是，演一個半大孩子，被一個貴夫人牽着，我臉上的表情顯得呆滯，很愚蠢。這個小角色很適合我，因為我的家境原來如此。」

錢理群出身於書香門第。其外祖父項蘭生作為維新派人士，一生經歷很豐富，辦學堂、辦報紙、修公路，這都是開時代風氣之先的，以後他做了大清銀行的秘書官。父親錢天鶴是安定學堂第五屆畢業生，先考取了清華學堂預科，然後從清華畢業後到美國康奈爾大學學農科，成為胡適的同學。國共兩黨的分裂在錢氏家庭留下了深深的烙印：父親和三哥選擇了國民黨，四哥和二姐選擇了共產黨。

談到父親，他只有一個依稀的記憶：南京中山東路一家小吃店裡，父親把自己碗裡剩下的湯圓，一個個地夾到他的碗裡……當父親隻身到了海峽的那一邊，母親上繳了父親的一切東西，但仍留下了她與父親的結婚合影，並且一直保存到她生命的最後一刻。

錢理群說：「我的家庭成員中，既有國民黨員，也有共產黨員，而且我的感覺中，他們都是好人，甚至我敢說他們都是中國最優秀的知識份子。歷史就是這樣的複雜。」

命運對於錢理群就刻薄了許多，一九六〇年大學畢業，他被戴上『右』派帽子，發配到貴州大渡河畔一所中學教書。從二十一歲到三十九歲，他在貴州生活了十八年。

回到北大，錢理群被稱作「青年學者」，後來，師生們突然發現了他的年齡，又把他叫做「老教授」。錢理群說，「因此我常常說自己沒有中年，從青年學者一下子跳到老教授。因而，我的思考、我的學術研究帶有跨代的特點，文學觀、學術觀是上世紀五六十年代的，而學術眼光、研究方法卻有八十年代的時代烙印，這就是我的學術背景，比較複雜。」

金庸一邊聽着，一邊隨手翻着書架上的學術著作。有一本《心靈的探尋》，是錢理群研究魯迅的專著，扉頁上印有錢理群矮胖身材的照片，雙手交叉在腹部，微禿的腦門很是顯眼。照片下方有錢理群手寫的題詞：「向青年學生講述我的魯迅觀，這是做了幾十年的夢。現在使命已經完成，我應當自動隱去。但仍期待於後來者——魯迅的真正知音必在中國當代青年中產生。」①

金庸說：「錢教授，聽說你的課堂是北大的一景，我想聽你講講魯迅先生，可以嗎？」

「你要聽我的課，歡迎呀！」錢理群曾經被北大學生列為「最受歡迎十大教師」之首。

這天，金庸走進北大中文系的課堂。錢理群開課，講他心中的魯迅。

老錢講課很有激情，他從不落座，而是在講台上且走且講，侃侃而談；此刻，台下是「滿坑滿谷」（這是汪曾祺形容聞一多在西南聯合大學課堂上的情景）的莘莘學子，他們聚精會神地屏息聆聽，同時走筆疾書做着筆記——其中有本科生，有研究生，有進修生，也有旁聽生。老錢的嗓音雄渾有力，當講到興奮處時，他會不覺手之舞之，足之蹈之，純然一派天趣。老錢的板書很有意思：字大、速快且潦草，喜歡且講且書，且書且擦；但是他擦黑板像他板書一樣潦草，這樣，他新寫

① 錢理群《心靈的探尋》，上海文藝出版社，一九八八，封面。

的和沒擦盡的板書混在一起，看不怎麼分明了。老錢擦完黑板並不將黑板擦放歸講台，而是拿在左手，同時右手也捏着粉筆，繼續激情澎湃、滔滔不絕地講課。他雙手不時在空中舞劃着，這樣一堂課下來，紛紛揚揚的粉筆灰落在他的頭上、肩上和臉上，和他流出的汗混合在一起。不用說，老錢對一堂課的付出是很多的，而得到的回報是下課時的熱烈掌聲。

金庸在北大住了二十六天，幾乎跟人文學院的所有教授混熟了，除嚴家炎外，跟錢理群是接觸最多的，品茶聊天，在課堂上聽他上課。一日課後，他對錢理群說：「聽你的課真過癮。北大是我一直嚮往的學府，有那麼多高學問的教授，我真想再做學生，好好在北大上課，做學問。」

這年，北京大學聘任金庸為名譽教授。此舉在社會上引起激烈爭論，其中有不少是反對之聲。最有代表性的是雜文作家鄢烈山在《南方周末》上發表《拒絕金庸》一文：「我的理智和學養頑固地排斥金庸（以及梁羽生古龍之輩），一向無惑又無悔。我固執地認為，武俠先天就是一種頭足倒置的怪物，……然而，令我尷尬的是，我一向崇拜的北大卻崇拜金庸！……我無法接受金庸，更無法接受北大對金庸的推崇。」

至於目前的「金庸熱」會不會促進學術界對金庸的研究，錢理群認為，不會有絲毫影響，現在熱的是傳媒不是學術界，學術界不會因為有人「拒絕金庸」就不研究金庸，也不會因為「金庸熱」

就更關注金庸，抬高金庸。

二〇〇七年初，金庸收到錢理群郵寄的《我的父輩與北京大學》一書。這是錢理群與人合編的一本書，記錄了一批知名「老北大人」後輩的回憶，或是子孫對先輩的零距離的觀察，多有歷史大敘述所遺漏的具體可觸的細節，或是並非目見的家族口口相傳的歷史，更具一種精神傳遞的意義，展現了一個更為廣大的北大世界。金庸從頭到尾讀了一遍，愛不釋手，寫信給錢理群說：「我的父輩中，親伯父是北大的畢業生，我念初中時候的班主任也是北大畢業生。抗戰時期，我考大學，第一志願就是報考西南聯大，西南聯大包含了北大。我有幸被錄取了，因為路途遙遠，沒法子去，所以我與北大失之交臂。今天我還覺得學問不夠，若有可能，我真的要來北大讀書。」

果然，二〇〇九年秋，金庸開始在北大攻讀博士學位。

（三）

在錢理群家書房的牆壁上，掛着一幅魯迅的肖像，錢理群將其稱之為「我家的神」。這不僅因為魯迅是他研究了一輩子的對象，更因為在青年時期，是魯迅的書和精神，照亮了他人生中一段最為黯淡無光的歲月。近朱者赤，頻繁跟魯迅「打交道」的他，不知不覺也成了「魯迅」。他曾說：「我要像魯迅那樣冲出這寧靜的院牆，在這沙灘上看着飛沙走石，樂則大笑，悲則大叫，憤則大罵。」他在北大「講魯迅，接着魯迅往下講」，一講就是十七年，直到退休。

二○○二年六月二十七日是錢理群在北大上的最後一課。

錢理群退休了，但沒閑着，他閑不住，正如他的學生孔慶東所說：「他不是那種從南坡爬上山頂就從北坡坐　車下去的人，他是上了山頂就不打算下去，要在山頂搭台唱戲的人。」

二○○四年四月末的一個下午，錢理群站在南京師大附中的講台上，講授「魯迅作品選讀」選修課。碩大的頭顱上掛了兩鬢斑白，額門猶自亮閃亮閃的，彷彿滿腦子的「思想」等着噴湧而出。然而，偌大的教室裡，稀稀拉拉地坐着二三十名中學生。南師大附中課堂的冷清令錢理群始料未及。

教了大半輩子大學生的錢理群極為重視給中學生講課，他在北京備了兩天課，一個字一個字地重寫教案，並提前四天來到南京準備。他回憶，課程的質量和氛圍都極佳，每堂課學生都聽得極為認真，課後作業也表示收獲很大，但聽課的人數卻漸漸少了下去。

一位學生在寫給錢理群的信裡說了老實話：「錢教授，我們不是不喜歡聽你的課，而是因為你的課與高考無關，我們的時間又非常有限；我們寧願在考上北大以後再毫無負擔地來聽您的課。」

對於後輩的「畏難」情緒，錢理群是理解的。他對記者透露，其實他也有讀不下去魯迅的時候。

「那是在十幾年前，我也曾一度變得心浮氣躁。這樣的情況下如果還讀艱深晦澀的魯迅作品的話，無異於火上澆油，只能會越來越煩躁。」而他克服煩躁情緒的靈丹妙藥，就是放下魯迅，拿起金庸。「等我把金庸全集讀完了，感覺真是舒暢多了。」①

二〇〇五年新學期，由人民教育出版社出版的全日制普通高級中學語文讀本（必修），首次選入金庸的《天龍八部》節選，同時，魯迅、朱自清等名家的作品數量逐漸減少，如魯迅的《一件小事》、《祝福》、《藥》和朱自清的《荷塘月色》、《背影》等文章，在各種版本的語文課本中慢慢淡出。這種變化不僅再度引發了關於「金庸能否入教材」的爭議，同時也讓一些人發出了「金庸要取代魯迅」的擔憂。

這時候，北京師範大學圖書館的專家講座邀請錢理群講魯迅，於是，錢理群借題發揮作了「魯迅不能走，金庸可留下」的演講。

首先，他引述了他與金庸的一次對話。在二〇〇〇年十一月北京大學舉辦的「金庸小說國際研討會」上，錢理群問：「《鹿鼎記》中你對韋小寶角色進行塑造時，是否加入了對現代人的理解？」金庸回答：「寫韋小寶主要是受魯迅先生寫《阿Q正傳》的啟發。阿Q身上體現了中國人的精神

① 黃哲《錢理群：就讓劉心武去「揭魯」吧》，《華商報》，二〇〇五年十二月十一日。

勝利法，這是國人的劣根性。但除了這個，國人的劣根性還有很多，而魯迅一篇小說不可能都寫出來。因此我是利用韋小寶繼續寫中國人的缺點，結合了現代人的一些事情，比如中國現在造假、騙人的事情還是很多。」

據此，錢理群闡述他的觀點：「在現在這樣一個多元化的時代裡，作為中學課本，當然應該兼收並蓄，魯迅的偉大地位和金庸在華人中的地位，是任何人都不可撼動的。魯迅是拯救國民靈魂的一劑猛藥，是打破黑暗腐朽的一把利劍，金庸的娛樂性確實又能滿足於時代休閑的需要。《祝福》、《藥》是思想性第一，《天龍八部》是娛樂性第一，兩者其實沒有可比之處，也就談不上誰取代於誰的問題，更無需挑起『魯迅與金庸』之爭。其實，問題的答案本來很簡單：魯迅不能走，金庸可留下！」

他說：「魯迅對於我們這個社會而言，永遠應該是中國的國魂，是一面文化精神的旗幟。對這樣一位在國內外有着偉大感召力的文化巨人，需要我們深入領悟他的文化精神實質，從而承擔起傳承魯迅先生之不朽精神的責任和義務。然而，隨着社會的發展，魯迅等新文化運動時期的大家所站的視角和理念，與當代人的觀念有了比較大的差異，這種差異需要提出一種文化來讓緊張的工作之餘的人們獲得放鬆的同時又獲得一絲感悟，而金庸的武俠起到了這樣的作用。」

錢理群意識到，金庸的小說不是在宣揚暴力而是在宣傳正義，不是在渲染血腥而是在描繪夢想，在浪漫主義的暢想中愛與恨交織，美好與醜惡並存。這樣的社會更接近於當代社會，同時當代社會也需要金庸小說中的俠義精神。魯迅的時代需要魯迅那樣的戰士，當代需要一個武俠中的俠士，這並不是文學地位和精神地位的取代，而是一種社會的必然。

因而，他左手高舉魯迅旗幟的同時，右手又舉起了金庸的旗幟：「我只想說，金庸的作品進入學生課本真的是一個極好的選擇，我們不必驚慌失措，覺得天要塌下來的樣子。語文教學應該有個質的改革，金庸不是代替不代替魯迅的問題，二者所承擔的教學責任不一樣，我們在進行語文教學時，也應該正確地解讀魯迅和金庸，讓孩子們喜歡上語文，喜歡上用筆，去描繪他們眼裡的世界。」[①]當年，錢理群收到金庸的贈書《金庸散文集》。

錢理群夫婦沒有兒女，因而二〇一五年他們賣掉了京城的房子搬進昌平新城的養老院。他帶上了所有藏書，包括金庸的全套武俠小說和魯迅全集。他很明確自己選擇養老院的目的是為了摒除雜務俗事，集中精力創作。所以院裡的活動他一律不參加，跟其他老人也沒什麼交往，除了每天鍛煉一小時和偶爾有朋友來看望，全部時間都拿來拼命寫作。兩年時間，他在這裡完成了

① 景華《教科書「金庸與魯迅之爭」真相》，《國際先驅導報》，二〇〇七年九月二十日。

七八十萬字的著作。自然是寫給青年學生看的書，他寫魯迅也寫金庸。

儘管自認為如今仍處於比較好的創作狀態，但他說：「我現在已經開始有點衰了，寫作速度也開始減慢了，因為年齡是一個客觀的存在。而且我真正想寫的東西差不多了。」錢理群說，自己必須抓緊時間，拼命寫下去，因為創作隨時可能因為自己或老伴的身體問題而終止。或許，年近八旬錢理群真的老了。

校園俠客研究「刀光劍影」
——學界獨行俠陳平原

陳平原說：「我眼裡的金庸，比許多新文學家更像中國『讀書人』。」他以北大中文系教授身份著書《千古文人俠客夢》，從文學及文化史的雙重角度透視「刀光劍影、江湖情仇」。

對於盛行於二十世紀八十年代的武俠小說家，陳平原對金庸無疑是青睞有加。他撰寫的《超越雅俗》，以金庸小說為例談論武俠小說的出路。他這樣評價金庸：「不只是具體的學識，甚至包括氣質、教養與趣味，金庸都比許多新文學家顯得更像傳統中國的『讀書人』。」

（一）

一九九一年，陳平原在香港中文大學從事中國小說史研究，將從古到今的中國小說變遷作為研究課題。武俠小說作為一種小說類型，同時作為一種通俗文學形式，引起了他濃厚的興趣。至此，他將金庸作品研究當作自己的一片「自留地」，努力開墾。

在香港，他有機會與金庸見面，一起聊，聊的最多的是武俠小說。

初夏，萬木披綠。剛剛將明報企業掛牌上市，從繁瑣的事務中脫身的金庸特地抽空接受了陳平原的來訪。陳平原走進金庸寬敞的書房，笑聲爽朗，金庸眼鏡後的眼睛也洋溢着笑意，回憶家鄉生活與求學經歷，暢談讀書和學術著述感受，如與老友敘舊，快語如風。

從潮汕農家到未名湖畔，從北大首批文學博士到博士生導師，陳平原數十年來書卷未曾釋手，他說：「讀書是一種生活方式，唯願一輩子讀書」，「學問應該做得有趣，學問也是人生，我希望能把學問和人生結合起來」。

「少時山村裡昏黃的燈光，深夜中遙遠的木屐，盼望雨季來臨以便躲在家中讀書的情景，仍不時闖入夢境來。」陳平原憶起少年時期，感慨萬千。他一九五四年生於潮州，一九六九年初中畢業，由於父親被批鬥，不能再繼續念書，一九六九年秋冬之際回到潮州磷溪暘山村老家插隊。父老鄉親對於這個十五歲的孩子十分關照，只讓他幫忙扛鋤頭。

每天勞動之餘，讀書成為陳平原最大的快樂。「晚上讀書，有時有電，有時沒電。最嚮往的是下雨天，這樣可以躲在家裡讀書。」陳平原的父親是汕頭農校的語文教師，喜歡寫詩和散文，也買書藏書。「在當時，他的藏書算是很多的了，尤其是文學和史學，所以我的趣味偏好於此，也是有淵源的。『文革』期間，學校關門，圖書館也關門了，幸虧父親的那些藏書，讓我那些年頭並沒有荒廢。」

一年後，陳平原被安排在小學教書。十六歲的他登上講台，儼然就是農村「孩子王」。他笑言：「一輩子從小學一直教到博士班。」一九七八年，陳平原考上中山大學，碩士畢業之後在北大王瑤門下求學，成為北大最早培養出來的文學博士。

迄今，家鄉人對陳平原記憶最深的，是他的高考作文為《人民日報》所刊登。「這是一篇並不出色，但影響很大，乃至改變了我整個命運的短文。十五年後重讀當年的高考作文，頗有無地自容的感覺；可我還是珍藏當初得悉作文發表在《人民日報》時的那份驚喜、驚愕，以及平靜下來後的沉思。那是我治學生涯中邁出的關鍵性的第一步。」

當年，陳平原「拜讀」了好幾遍自己的作文，卻始終沒品出味來，直到有一天，看到好幾種《高考作文選評》中，把這篇文章說成一枝花，這才恍然大悟。「入學前我在中學教語文，作文自然有章有法，那些才氣比我大的小作家們，寫的都是文藝性散文，不大合高考作文的體例。」陳平原笑着說：「父老鄉親誇我的高考作文寫得好，似乎我一輩子就會寫高考作文。大概，無論我如何努力，這輩子很難出比『高考作文』更有影響、更能讓父老鄉親激賞的文章來了。」①

① 陳平原《我的高考作文上了人民日報》，《人民日報》一九七八年四月七日。

一九八四年秋，三十歲的陳平原孤身北上，成為北大中文系最早的博士研究生，然後留校任教。他不會預料到，跨長江、渡黃河，從紅豆葳蕤的南國，到雪花如掌的北國，成了他人生最重要的轉折點，由此開始進入了自己的學術生涯的輝煌時期。他曾以《中國小說敘事模式的轉變》享譽國際，自成一家，尤見功力，為中國小說敘事學不可多得的專論。

他問過北大中文系多名在讀博士生，得知他們小時候也曾迷戀過武俠小說，因而對金庸其人其文相當熟悉。但在魔幻小說、宮廷戲以及穿越劇中成長起來的新一代，是否還能欣賞大俠那高傲而孤獨的身影，他並不抱多大希望。

那年那月，金庸作品如江潮般席捲內地，封閉已久的人們突然發現，小說原來可以這麼好看，文學可以如此輕鬆。金庸小說完成了令人驚訝的轉身，也同時開啟了通俗小說解禁的時代潮流。小書攤上隨處可見金庸作品，陳平原卻一直沒有認真翻，。倒不是故示清高，不屑一顧，而是沒讀出門道來。他明知武俠小說的流行，是當今中國重要的文化現象，值得認真研究，可就是打不起精神。在小說史研究中，他閱讀了一些清代的俠義小說和二三十年代的武俠小說，也沒引起特別的興趣。每當友人眉飛色舞地談論某部精彩的武俠小說或某位武功超群的大俠時，他總有一種茫然的感覺，不知道是別人瘋了還是自己讀書讀歪了。

那天，他參加中文系八四級的畢業紀念聚會。有同學說，大學四年有三年是躺在宿舍的蚊帳裡面看金庸小說。那同學說得很感動，陳平原禁不住眼淚汪汪的。一日無事，他隨意翻閱了好些金庸小說，或許是因為心境不同，居然慢慢品出點味道來。直到今天，他仍然認為現有的武俠小說是一種娛樂色彩很濃的通俗小說，沒必要故作驚人之論，把它說得比高雅小說還高雅。只不過對於關心當代中國文化的人來說，武俠小說確實值得一讀，因為「不看不知道，武俠真奇妙」。

後來，他說：「正是在『遊俠』與『寶劍』基本成為古董的時候，武俠小說風行全國，而且歷久不衰，於此不難見出現代人對自身處境的不滿與困惑。明知這不過是夏日裡的一場春夢，我還是欣賞其斑斕的色彩與光圈。或許是多了點人世間的閱歷，我對武俠小說的流行頗表同情。」

不久，他提着裝有書稿的皮箱到廣州，剛剛下車走出火車站，手中的皮箱突然被身後騎着摩托車疾馳而過的歹徒奪了去。他不心疼裡面的財物，倒是對裡面的書稿十分惋惜，卻也無可奈何，只當那「樑上君子」做了他此書的第一位讀者。當時，他想，要是自己是那武俠小說中的一位俠客多好！能騰飛自如，追上摩托，懲治歹徒一番，奪回心愛的書稿；或者有一位真正的俠客在自己的身邊也好啊，替天行道，人世間也就少了像他此時的尷尬啊。①

① 陳平原《我與武俠小說（代序）》，據《千古文人俠客夢》，人民文學出版社，一九九二。

這就是陳平原閱讀金庸研究、金庸的真正的動機。在北大中文系，他開設專題課，講中國人的遊俠想像，講金庸的俠客夢。《千古文人俠客夢》就是那時寫下的，一九九二年由人民文學出版社初版。

乍看，這本書是在梳理武俠小說的歷史流變。書中談論「遊俠」，從司馬遷一直講到金庸，兼及史學、詩詞、戲曲、小說以及電影等。「遊俠作為一種潛在的慾望或情懷，在好多人心裡面都蘊藏着，只不過表現形態不一樣而已。中國人的理想境界是『少年遊俠、中年遊宦、晚年遊仙』。少年時代的獨立不羈、縱橫四海，是很多人所盼望的。浪跡天涯的俠客，對於中國人來說，是一種對於現實生活的超越，或者說對於平庸的世俗的日常生活的批判。在這個意義上，『俠』跟打鬥本領沒有直接關係，也不見得非『快意恩仇』不可。這更像是一種超越日常生活的願望與情懷。」若此說成立，即便「天下」永遠「太平」，也都有遊俠「長劍橫九野，高冠拂玄穹」的存在價值。

「武俠小說之所以能在各文化層次的讀者中廣泛流傳，除了其自身力圖融會（或稱迎合）各種文化心理，因而具有多種解讀的可能性外，很大程度上應歸因於讀者的期待視野。有人讀出了刀光劍影，有人讀出了謀篇佈局，有人讀出了人生感悟，有人讀出了哲學意蘊。」具體到金庸，陳平原認為，金庸武俠小說「章回小說的結構方式、簡潔高雅的文學語言、再加上描寫的是傳統中國的社會生活、小說中體現的又是國人樂於接受的價值觀念，金庸的武俠小說於是不脛而走」。此書勝義頗多，如論俠客為何必佩劍、俠骨為何香如許，均予人啟發。他認為，金庸小說中的山光水色、世態人情、琴棋書畫、寺院道觀、民俗禮儀、歷史文物等，一句話，武俠小說中的文化味道，主要就靠俠客遊蕩中的所見所聞所思所感來表現。金庸說過：「我認為武俠小說應該正名，改為俠義小說。雖然有武功有打鬥，其實我自己真正喜歡的武俠小說，最重要的不在武功，而在俠氣——人物中的俠義之氣，有俠有義。」

他認為，金庸小說吸引讀者之處，除了打鬥場面的驚心動魄，還有情節發展的變幻莫測。最能使情節發生戲劇性變化的場景，莫過於「懸崖」。有趣的是，武俠小說中的懸崖很少成為俠客的葬身之地，像阿紫那樣抱着蕭峰的屍身走向懸崖的畢竟很少（《天龍八部》第五十回）。而小龍女自知中毒難愈躍下斷腸崖，十六年後楊過苦等不及，同樣躍下此百丈深崖，居然於潭底與妻子重逢，卻是《神鵰俠侶》最吸引人的一段。此等「懸崖」，只要作家稍為注意一下「伏脈」與「照」，很容易成為武俠小說敘述上的一個訣竅，起碼可以使得故事發展搖曳多姿，不至於一覽無餘。

很快，《千古文人俠客夢》一書傳播於專業圈外，掀起陣陣閱讀熱潮，許多大學學子的案頭枕邊都有此書相伴，至今名家學者仍不時從中引述觀點。

（二）

二十世紀九十年代中期是陳平原研究金庸最火熱的時候，可他很少見金庸，即使他曾在浙江大學與金庸合招博士生（雖不成功），但總是敬而遠之。一是年齡及地位懸殊，不敢謬稱知己。二是他的老師王瑤曾告誡，不要跟研究對象走得太近，以免影響自己的學術判斷。第三純屬私心——心目中的大俠，連同大俠的創造者，都應該有某種神秘感，最好是神龍見首不見尾，遙望可以，細察則不必。

一九九八年，陳平原撰寫了一篇《超越雅俗》，是他長久「遙望」金庸後的感慨，卻特別地將金庸推到了聚光的前台，以金庸文學的雅俗之辨與經典之爭為例談論武俠小說的出路。

金庸小說自二十世紀八十年代初進入內地以來，一直風行不衰。隨着大量的論文、專著問世，金庸研究成為當代文學研究最熱鬧的一塊。所謂熱鬧也就是爭議，爭議主要圍繞着雅俗與經典兩個問題展開。在金庸被授予名譽教授稱號、被稱為二十世紀的文學大師之後，圍繞金庸小說的雅俗之爭變得熱鬧起來。有人認為金庸小說是通俗文學裡面的武俠類型，價值不高；有人認為金庸的小說對武俠這個類型來說是有創新的，對金庸小說的評價也應限定在這個範圍內；也有人認為堅持認為金庸小說超越了雅俗，不能在通俗小說的範圍內進行評價，因為它的傳統文化和現代精神而成為文學經典。

陳平原闡述了金庸小說超越雅俗的原因，認為金庸本人對於作為一種「娛樂性讀物」的武俠小說評價並不高，這是因為金庸「長期堅持親自撰寫社評，實際上認同的是新文化人的擔當精神」，「撰寫政論時，自是充滿入世精神：即便寫作『娛樂性讀物』，金庸也並非一味『消閑』。理解查君的這一立場，不難明白其何以能夠『超越雅俗』」。「正是政論家的見識、史學家的學養，以及小說家的想像力，三者合一，方才造就了金庸的輝煌。」

他坦然地指出：「金庸的成功，對於世紀末中國的文壇和學界，都是個極大的刺激。」在他眼中，金庸是個有政治抱負的小說家。也正是這一點，使其在二十世紀無數武俠小說家中顯得卓爾不群。撰寫「娛樂性」的武俠小說，只是文化人查良鏞的一隻手，他的另外一隻手，正在撰寫「鐵肩擔道義」的政論文章。據他猜想，在很長時間裡，金庸更看重的是後者，而不是前者。有了《明報》的事業，金庸與無數武俠小說家拉開了距離。一個武俠小說家，不只是娛樂大眾，而且可以引導社會輿論，在金庸奇跡出現以前，實在不能想像。在金庸創作的高峰期，左手政論，右手小說。這種寫作策略，使武俠小說家金庸一改「邊緣」姿態，在某種程度上介入了現實政治與思想文化進程。陳平原說：「查氏起步之處在新聞，現代中國的新聞事業，恰好與武俠小說有千絲萬縷的聯繫（絕大部分武俠小說，都是先在報刊連載，而後才單獨刊行的）。金庸之自辦報紙，下午褒貶現實政治，晚上揄揚千古俠風。有商業上的野心，但更有政治上的抱負。」

陳平原和友人一起主編的人文學術集刊《學人》，完全依靠民間力量運作，在許多官方學術刊物都生存維艱的環境中，它卻堅忍地生存了下來。它的出現和存在，無聲地規範了九十年代學術的發展，一個新的知識秩序也圍繞它默默地生成。整個九十年代的中國人文知識界的學術走向和學人形象，可以說是通過《學人》這樣一個刊物來凸顯出來的。於是，有專家評論說：「《學人》是學者獨立辦刊，如同香港金庸主辦的《明報月刊》，以中國傳統的『學為政本』引領一個時代的學術風尚。」

一九九六年十一月十一日，金庸與陳平原再次相聚是在金庸的家鄉浙江海寧舉辦首屆金庸學術研討會。這是陳平原唯一一次參加的金庸小說研討會。中午，金庸在鹽官海神廟會見了陳平原和馮其庸、嚴家炎等教授。

雖然和金庸是老友，可陳平原對金庸的貢獻卻有着學者的理性、客觀的認知。

通過他的深度探究，他認為金庸的某些小說明顯是在影射政治，讀他的小說要和他的社論對照着讀。比如《笑傲江湖》一看就在影射「文化大革命」，他將社論寫作時心裡面的鬱悶和情懷，和中國想像、政治立場帶到小說裡面。另外，武俠小說是一種特殊的文類，讀者必須承認他的假設，然後才能閱讀。在這個假設裡面來思考他的故事、人物還有大的背景。

陳平原建議大家：「倘若有一天，《查良鏞政論集》出版，可將其與《金庸作品集》參照閱讀，我們方能真正理解查先生的抱負與情懷。」①

不僅僅對於金庸的武俠小說，對金庸的個人學養，陳平原也抱以欣賞的態度：「不只是具體的學識，甚至包括氣質、教養與趣味，金庸都比許多新文學家顯得更像傳統中國的『讀書人』。」

陳平原之所以如此讚譽金庸的個人學養，是源於他對「五四」新文化思潮以後，中國人往往以西方文化為裁剪標準，對傳統中國文化沒有信心與興趣，低估了自己祖先的智慧和才華的現象十分擔心。他說：「在這新文學家主動放棄的大片沃土上，金庸努力耕耘，並得到豐厚的回報。」

與之對照，金庸曾在《文人論武——香港學術界與金庸討論武俠小說》中回答為什麼如此眾多的讀者喜看金庸的小說時說，「我覺得最主要的大概是武俠小說比較根據中國的傳統來着手」。可見，兩人在藝術觀點上的不謀而合。

在研討會上，陳平原有一句評語是：「金庸的意義在於：超越了精英與大眾。」

① 陳平原《超越雅俗》，《金庸評論小輯》，一九九八。

他說：「他把儒釋道、琴棋書畫等中國傳統文化通俗了，所以金庸小說可以作為中國文化的入門書來讀。金庸以佛教中的大悲大憫思想來開導讀者，從而增加了武俠小說的思想深度與哲學內涵。倘若有人想借助文學作品了解佛道，不妨從金庸的武俠小說入手。」

（三）

二〇〇八年，陳平原成了北大、香港中文大學的雙聘教授。起初是香港中文大學聘他當講座教授，他去工作了，然後，北京大學希望他回來，讓他當中文系主任，最後，兩個大學的校長協商，請他作為兩個學校雙聘的教授。「半年在北大，半年在香港中文大學，在北大的拿北大薪水，在香港拿香港薪水，說起來很愜意。」陳平原說。

生活中的陳平原，好飲濃茶，而不親烟酒，據說這樣的人性近於散文而遠於詩。如當年金庸左手寫小說、右手寫時評一樣，陳平原為人稱道的也是他有「兩副筆墨」，既寫厚實的專著，也寫瀟脫的小品，輪流坐莊。用他自己的話說，是「乾脆左手捧芝麻右手抱西瓜」。這「兩副筆墨」之於陳平原，也可以套一句他評論金庸的原話，即「雙峰並峙，二水分流」。前者給人的印象是傳統儒林中的學者，後者給人的印象是現代文苑中的書生。作為書生的一面，他有雅趣有熱情，又有學養作才情的底色；作為學者的一面，他有足夠的冷靜，也有書齋無法局限的人間情懷。

陳平原的大名，是靠十三部學術專著累積起來的。學界與江湖的一個共通之處在於，揚名立萬只能靠自己的真才實學闖蕩出來。《學者的人間情懷》、《老北大的故事》、《北大精神及其他》都不屬於學術專著，當然也不能算小品或隨筆，因為小品或隨筆沒有這樣厚實的學術底蘊，而專著又沒有這麼文筆講究的風致。這種無法用普通文類命名的「半學術半文章」，他稱之為「第三種筆墨」。對於學界之外的普通讀者來說，陳平原的《大書小書》、《書裡書外》、《書生意氣》、《閱讀日本》、《游心與游目》，乃至主編的《北大舊事》、《觸摸歷史》無疑要比專著影響更大。

從一九九九年起，封筆二十年的金庸「重出江湖」，着手修訂十五部武俠小說。經過大規模修訂，許多廣為人知的小說情節有所改變，比如《射鵰英雄傳》中的黃蓉在桃花島的經歷有不同，《神鵰俠侶》中小龍女在絕情谷的遭遇也補充新情節，改動最大的是《碧血劍》。金庸小說新一輪修訂本的推出，在讀者中褒貶不一，不少金庸迷痛心疾首，認為金大俠是自廢武功，但也有金迷力挺金庸修訂小說。

在世紀新修版《金庸作品集》出全之際，鳳凰衛視播出《鏘鏘三人行》。主持人竇文濤與嘉賓陳平原、許子東討論金庸小說一再被改編的原因，分析他在整個華人世界的影響。

早在一九八五年五月，陳平原與錢理群、黃子平三位學者聯合發表「二十世紀中國文學三人談」名噪京城。「二十世紀中國文學」這概念一經提出，給學界帶來廣泛而深遠的影響。它努力打通文學史斷代格局，把二十世紀中國文學作為不可分割的有機整體，意義十分重大。此刻，作為當代中國第一個以北大中文系教授的身份研究武俠小說，把中國武俠文學引入學術殿堂，給予以金庸為代表的武俠小說家以有力支撐的著名教授，二十多年後再說金庸，陳平原倒是顯得十分平和。

北大既然有這麼多師生喜愛金庸，聘請金庸做名譽教授本來是一件很好的事情，為什麼會引起這麼多反對意見？陳平原認為，恐怕許多議論不是冲着金庸來的，而是衝着北大來的，「可能是這幾年大家對於通俗文化泛濫過於反感，借金庸當戰場」。

陳平原說：「武俠首先是一種城市化，所有的通俗者都是城市化的，偵探小說也是這樣的城市化，警匪片也是這樣的城市化，他是一種特殊的文類，你必須承認他的假設，然後才能閱讀，然後在這個假設裡面來思考他的故事、人物還有大的背景。其實，金庸恰好是對俠客的形象做了很多的豐富，郭靖，令狐冲，其他的幾個所謂的俠客的形象是不一樣的，而且可以這麼說，郭靖有點高大全的味道，可是後面的幾個武俠的，包括自由的韋小寶是不一樣的。恰好是金庸打破了以前的一般認為通俗小說人物的扁平化，或者說只有一個面向的那個狀態，他基本上努力用各種各樣的方法來豐富小說的人物形象。」

說到「金庸會不會得諾貝爾獎」，陳平原說：「我說不可能，我知道那個海外的就是比如說國外的評委不會給金庸諾貝爾獎，但是他在華人世界的影響力是特別特別值得我們推崇的，以前我們固守於純文學或者是雅俗等等，對他的作品是有偏見的。其實，金庸改變了武俠的這個小說類型，只有他到現在為止還能成為我們所說的暢銷書，說梁羽生，現在的年輕的很多不知道了，當年我們認為金庸梁羽生應該是差不多，今年看出來金庸站住了。」①

（四）

陳平原好久沒讀金庸小說，也沒拜見金庸了，突然收到香港大山文化出版社的《俠之大者——金庸創作六十年》一書，迫不及待地翻閱起來。一個晚上下來，他心情很是複雜，對以金庸為代表的遊俠想像，又多了幾分理解。

早晨起床，坐到桌邊，他寫下一行字：我眼裡的金庸，比許多新文學家更像中國「讀書人」。

緊接着，浮想聯翩——

①《陳平原：金庸小說有政治語言的性質》，鳳凰衛視「鏘鏘三人行」，二〇一三年五月二十七日。

六十年來，月有陰晴圓缺，但金庸始終沒有完全淡出公眾的視野。現代文學史上，如此有個人魅力，不靠政府或商家做後台，而能紅透半邊天，且持續這麼長時間，實在是個奇跡。單憑這一點，金庸就該值得研究者持續關注。

陳平原指出，現實生活中的小說家，無論你如何「特立獨行」，怎樣「性情中人」，也都有世俗的一面。比如，金庸喜歡自己創造出來的令狐冲，但現實生活中的查良鏞，不可能總像令狐冲那樣散淡、灑脫、率性、不羈；作為成功的報人兼作家，查良鏞也有他精明、狡獪、洞察人心乃至擅長商業計謀的一面。作為讀者，尤其是對「千古文人俠客夢」情有獨鐘的讀者，最好保持那個美好的記憶。基於此判斷，我主動放棄了進一步接近「大俠」的機會。直到今天，還是認定自己的選擇是正確的。

然後他寫下一句：「在我眼中，查先生是個有政治抱負的小說家。」

他指出，這裡包含兩個關鍵詞，一是「政治抱負」，二是「小說家」。金庸不喜歡人家稱他是「著名武俠小說家」，因為，這等於降格以求，只承認你在「武俠」這一類型小說中的價值及地位。我同意金庸的意見，應該在「中國小說史」的框架中談論金庸——其學養、想像力及語言功夫，都值得大說特說。至於「政治抱負」，主要指《明報》事業。那兩萬篇社評與政論，使金庸與無數武俠小說家拉開了距離。我甚至稱：「倘若有一天，《查良鏞政論集》出版，將其與《金庸作品集》參照閱讀，我們方能真正理解查先生的抱負與情懷。」將查良鏞的政論與金庸的武俠小說對讀，這可是要下死功夫的，不知道現在的研究者有無這種耐心。

他再寫下一句：「不只是具體的學識，甚至包括氣質、教養與趣味，金庸都比許多新文學家顯得更像傳統中國的『讀書人』。」

他指出，「博雅」與「通達」，乃傳統中國讀書人的最大特徵。在這方面，大學裡專治文史的名教授，也都不見得能在查先生面前昂首闊步。我敬佩查良鏞的，不僅是學識淵博，更包括極為強烈的求知慾望。有幸聽他眉飛色舞地談論「考博」及「讀博」的經歷，那種投入感與幸福感，讓我深深感動。在很多人看來，早已功成名就且年事已高的查良鏞先生，根本沒必要正兒八經地註冊念劍橋或北大的博士。可這正是「讀書種子」查先生可敬可愛的地方。

好的小說家，一般都特能洞察人心。看透世態人情的結果，有三種可能性：或居高臨下的傲慢，或普渡眾生的慈悲，或憤世嫉俗的絕望。多次聽查先生演講，說實在話，不算太精彩，但答問很得體，確能顯示大智慧。現場感覺如此，回頭讀各種報道及記錄稿，證實我的直覺。願意認真傾聽粉絲稀奇古怪的提問，給予真誠的回答，而不是敷衍了事，這對一個見多識廣的名人來說，除了智商，還得有足夠的情商。

不止一次見到這樣溫馨的場面：演講結束，熱情的讀者捧着書要求簽名，金庸很配合，問人家叫什麼名字，順手寫兩句勉勵語或俏皮話。在那麼疲勞的狀態下，始終保持笑容，且變換筆調為讀者題詞，是需要情感及智慧的。這在早年是為了推銷作品，如今名滿天下，根本用不着討好一般讀者，可金庸還是那麼認真，絲毫沒有懈怠，一筆一畫地簽上自己的名字，這着實讓人感動。

金庸的成功，對於二十世紀末中國內地的文壇和學界，都是個極大的刺激。陳平原在各種場合一再強調自己並非合格的武俠迷，雖然他已經讀過許多武俠小說。他笑言：「作為學者，整天手不釋卷，如果只是為了找資料寫論文，也會走向另一極端，忘記了讀書是一件很愉快的事情。為了撰寫《千古文人俠客夢》，我猛讀了很多好的、壞的武俠小說。讀傷了，以致很長時間裡，一見到武俠小說就頭疼。而且，儘管閱讀了數量頗為可觀的武俠小說，也曾廢寢忘餐讀武俠，可從來不曾當真，基本上把它當寓言讀。」①

① 于正《我為什麼不接金庸劇》，新浪博客，二〇〇六年一月五日。

「不曾識面早相知」

——國際創價學會會長池田大作

與池田大作第一次見面的時候，金庸就笑着談到兩人的相似性：「很多相識我倆之人都說，我們二人相貌十分相似，如說我們倆是兄弟，恐怕很多人都會相信吧！」隨着交談的深入，兩人發現彼此在世界、人生、政治、文化、社會、宗教等各種領域中的看法有許多相通之處，實是難得和知己。

「有緣千里能相會」，日本作家池田大作與金庸相遇，無所不談。他們前後四次在香港、東京等地會見，其間書信往來。金庸曾引用清人趙翼贈給袁枚的一首詩來形容池田：「不曾識面早相知，良會真成意外奇。才可必傳能有幾？老猶得見未嫌遲。」這足以證明兩人的交情匪淺。

於是，中國文化與日本文化的兩位優秀代表的一場世紀性對話由此開始。兩人促膝而談，海闊天空，笑談人生，暢議時事，探求世紀「奧秘」，展望二十一世紀的燦爛。

（一）

生在北京皇城根兒的人，喜歡自稱「咱老北京」，以區別住在郊外的或後來遷入北京的外來戶。生在上海市區的人，對自稱為「我是上海人」的新一代，時而會從眼角瞥出一絲說不清道不明的神色，情不自禁地冒出句：「儂阿（第三聲）是上海人？」據說，日本正宗的「東京人」，也講究這一套。如果不是祖孫三代都在現在的神田附近出生、長大的人，就不被認為是標準的「江戶之子」。池田大作把自己稱為「江戶之子」，但他加了一點說明，這裡的江戶，大致就是現在的東京，而不是嚴格意義上只限於東京的「神田」。①

一九六一年初，金庸的《神鵰俠侶》、《飛狐外傳》在《明報》、《武俠與歷史》上連載。一月二十八日，日本創價學會第三代會長池田大作訪問亞洲六國之後首次來到香港。此時，草創期的《明報》除了連載金庸的武俠小說之外，遇上重要的港聞，都會用大篇幅去報道，還確定了以香港人為讀者對象，為讀者提供各類服務。因而，《明報》對池田大作的來訪連續三天作了大幅報道。當天，《池田訪港》一文介紹了池田大作的身世：

池田大作在一九二八年一月二日誕生於日本東京，一家以海藻業營生，在八名子女中排

① 李慶《池田大作傳》，浙江人民出版社，二〇〇八，第五頁。

行第五。池田生長的年代，是日本在軍政府的領導下舉國往戰爭路線發展的時期。一九三七年，日中戰爭正式爆發，其長兄喜一被征召入伍，其後三名兄弟亦相繼出征。不幸陣亡的喜一，曾經訴說他如何厭惡日軍對中國人民的所作所為，令池田留下刻骨銘心的印象。當時池田正值少年時期。他家園兩次在空襲中被毀，還切身經歷了一九四五年三月九至十日喪生了十萬人的東京大空襲悲慘戰禍。

失去長兄的悲痛，以及目睹戰爭所帶來的種種悲慘，使池田對戰爭產生極度憎惡，並促使他在心中萌起對和平的嚮往。

一九四七年夏，池田邂逅創價學會第二代會長戶田城聖，成為他的弟子。創價學會是一個以佛教的生命尊嚴思想為根本，使人人幸福，推進世界永久和平的民眾團體，也是受到聯合國承認的非政府組織。

池田當時十九歲。戶田的性格、他對佛法明確與獨特的見解，以及他因反對日本軍國主義而被迫入獄的經驗，深深地打動了池田的心，使他後來決定加入由戶田帶領的創價學會。與戶田的邂逅可說是決定了池田此後人生的方向。池田自幼對文學深感興趣，並在少年時期就開始寫詩。當他基於種種原因而無法如願地繼續升學時，博學並還是教育家出身的戶田親自教導池田。為了重建創價學會，池田在師匠的身旁奮鬥了將近十年，奠定了學會的磐石。一九六○年，在戶田逝世後，池田繼承他成為創價學會的第三任會長。

一月二十九日的報道，金庸對記者原稿中的標題作了一個小改動，將「教育家」改成「孔夫子」，將池田大作譽為「日本的孔夫子」。報道說：

《論語》裡有一句孔子搞封建受挫時的自嘲：「道不行，乘桴浮于海。」有趣的是，孔子死後約八九百年，《論語》竟乘着小船經朝鮮到了日本。池田大作先生是儒學者，把孔子之教奉為儒教的精髓來頌揚，他認為「仁義忠孝」對近代日本的世道人心應該具有積極的提攜作用，將「道德之學以孔子為主」寫進《教學大旨》。創價學會自一九三○年創立之始就確立了教育第一的理念，至池田大作時代，更為發揚光大。池田大作先生還強調一貫的教育思想，「為了孩子的幸福，確信每一個孩子都有他相應的創造的可能性。」在這種理念的指導下，創價學會擁有了環境優美的創價學園，包括幼稚園、小學部、初中部和高中部，創價學生已經桃李滿天下。

第三天，金庸撰寫的社論，由池田大作訪港之行引發開來，提出了一個令人沉思的問題：「池田大作先生這次亞洲六國友好之旅，先後到達了印度、巴基斯坦、阿富汗、韓國、泰國、馬來西亞，然後，他訪問了中國香港卻沒有踏上中國內地，這是為什麼？」緊接着，金庸作出回答：「中蘇、中美關係深度惡化，日本佐藤政府也在奉行敵視中國的政策，中國的國際空間被壓縮至危險程度。此時此刻，池田大作先生的腳步只能在此停住，不能往前邁進了！」①在此，金庸沒有作進一步的思考，而池田大作將這張報紙帶回日本以後，卻一直在心底醞釀着一個大問題：日中兩國人民一衣帶水的情誼何時可以接續？

就這樣，池田和金庸成了不曾謀面的朋友。

三個月後，金庸以《明報》社長的身份到東京參加國際新聞協會舉辦的「亞洲報人座談會」。會後，金庸欲拜訪池田，可不巧他去了歐洲，兩人失之交臂。

一九六八年九月八日，在東京日本大學講堂舉行的創價學會第十一次學生部大會上，面對兩萬多名學生代表，池田大作發表了《日中邦交正常化倡言》：「……關於中國問題，人們早就說越南戰爭一旦結束，下一個焦點就是中國，但是從越南和捷克斯洛伐克當前的形勢來看，也許有人會說現在你來談論中國問題是不合時宜的，然而從日本的處境來說，或遲或早，中國問題是絕對迴避不了的。我作為始終站在這一立場上的日本人，作為一個渴望未來和平的青年，願意和諸位一起來思考這個問題。為此，我們需要做什麼呢？第一是正式承認中國政府的存在。第二是在

① 杜雪巍《池田大作與中國》，《社會觀察（北京）》，二〇〇五年第二期。

聯合國（為中國）準備好正當的席位（應恢復中國在聯合國的合法席位），使其登上國際討論的場所。第三是廣泛地推進日中兩國經濟和文化的交流。首先，我想談日中邦交正常化的問題。所謂邦交正常化，只有國民和國民之間的相互理解，相互交流，相互增進利益，並為世界和平做出貢獻，才有意義。因此我認為日本政府必須同中國政府進行會談。日中邦交正常化，不僅有利於日本，而且是世界的客觀形勢賦予日本的使命……」①

池田大作的演講石破驚天，震動了日本，也激蕩了中國和世界。

當時，正值東西冷戰，日本政府隨美國採取敵視中國的政策。同時，中國無法成為聯合國的成員國，內地亦掀起「文化大革命」的猛烈風暴，於國際社會孤立無援。這時候，若要提倡日中恢復邦交，就會被帶上「左傾」帽子，必須有面對一切批評和風險的決心才可。一九六〇年，致力恢復日中友好關係的社會黨委員長淺沼稻次郎被刺殺。池田大作此時發表這樣的言論，是要冒着極大的政治風險的。

對此，在此後的談話中，金庸用「敬佩」二字來評說他：「有很多日本的領導人，似乎忘記日本侵略中國的歷史，但池田先生強調要承認錯誤，要以後不能再犯，這個我是同意的。我自己

① 池田大作《時代精神的潮流》，香港商務印書館，二〇〇五，第三至四頁。

都經歷過逃難的日子，過去已過去，今後就要更加努力，特別是為了世界和平。池田先生提出中日邦交正常化等等，我覺得他在當時面對極右派之政客，是冒着生命危險，為中日友好努力，所以我是非常敬佩他的。」

池田在一九六八年十二月號《亞洲》學術月刊上，更深入地討論學生部總會上的倡言內容，發表了《主張日中邦交正常化的提言》。一九六九年六月，他在連載於《聖教新聞》上的小說《人間革命》中大膽放言，要把日中邦交正常化推進一步，就該排除萬難締結《日中和平友好條約》。

一九七四年，池田大作為早日促成中日締結友好條約，踏上架設中日友誼「金橋」的漫漫路程。一月，池田大作訪問香港中文大學。五月二十九日，經羅湖橋踏足深圳進入中國內地，首次訪華。迄今，池田大作十次訪華，同中國幾代領導人及文化、教育界著名人士頻繁接觸，結下了深厚友誼。

後來，池田大作向香港記者講述這段歷史時說：「中國對於日本是文化大恩國，日本的軍國主義者不報此大恩，反而用軍靴踐踏，這是永世都不能忘記的歷史事實。此罪是　不完的。我家裡也有四個哥哥被徵兵，大哥在緬甸陣亡。我從心底憎恨戰爭，所以，我們要斷然反對逆時代而行的暴行，尤其要以史為訓。」①

① 池田大作《站在歷史轉折点》，香港《紫荊》月刊，二〇〇七年十一月特刊。

（二）

直到一九九五年池田大作訪問香港時，才得以與金庸識面。

一九九五年十一月十七日，池田大作到達香港，第二天到香港中文大學作演講。當時，香港正在播出《射鵰英雄傳》、《神鵰俠侶》和《碧血劍》，見面時，學校領導遞上的是DVD正版影碟。

沒想到，一展開影碟，池田大作就兩眼放光，久久凝視，心領神會，充滿了驚訝和讚賞地說：「我還沒有看到過中國的武俠電影！」

池田大作激動地問：「是金庸的作品？」「是金庸寫的武俠小說，張徹改編導演而拍攝的。」校領導說。

池田大作迫切地說：「我能否見金庸？」演講會結束時，校領導轉遞上金庸差人送上的一份請柬。

第二天，池田大作專門到金庸的府第拜訪。兩人一見如故，金庸將明河社剛出版的《金庸作品集》簡體字版一套相贈。

池田大作拉着金庸的手激動地說：「你的書寫得太好了！我從來沒有看到寫得這麼好的中國

武俠小說，非常感謝，歡迎你到日本來遊覽，到我家裡去看看。」

回到賓館，池田大作細細觀賞《射鵰英雄傳》，越看越喜歡，禁不住向賓館人員討要介紹金庸的資料。

金庸和池田大作是當代中國和日本的兩位頗具影響力的作家和文化名人，他們的作品與思想影響了一代又一代的青年。在中日文化交流的時代大背景下，這樣兩位文化領域裡的巨人自然有着一種實現對話的渴望。因此，當《明報月刊》總編輯潘耀明建議金庸和池田大作進行對話的時候，金庸欣然同意，池田大作也非常高興地應邀前往香泉，開始了他們之間的第一次對話。

池田：所謂「相識滿天下，知音有幾人」，能與善於思想交流而求同存異的人對談，實在是幸福之至。我們可以這樣進行對話，或是早就「心有靈犀一點通」。這使我想起蘇聯作家愛特・馬列托夫在同鄙人進行「鑄就大魂之詩」對談開始之際，曾說過這樣的話……不知道當從何談起，更正確地說，這種對話不是剛剛開始，而是繼續而已。為什麼這樣說呢？在我們對話之前，也即是在我們相識之前，這種對話其實已經開始了。這同我們相見之前也一樣，如此相同的意義——以佛教的語言來說，正是「宿世之緣」。

金庸：我亦有同感，很多相識我倆之人都說，我們二人相貌十分相似，如說「我們倆是兄弟」，恐怕很多人都會相信吧！

在兩人未曾見面時，金庸早已讀過池田與歷史學家湯恩比博士的對話集《展望二十一世紀》。金庸如此評論：二人學問淵博，寬廣胸懷，自己深感敬佩。後來，他獲北京大學授予名譽教授稱號時，得知池田已獲得授予榮銜，是自己的前輩，對此倍感榮幸。

而池田亦久仰金庸大名：金庸被譽為「中國文豪」、「東方的大仲馬」，其武俠小說街知巷聞、膾炙人口。他還感嘆，金庸在面對強大權勢時展現絕不屈服的精神，充滿着對人民的摯愛之情，還擁有注視民眾、風雨不動的目光。

池田：我十分喜歡世界各國的文學，年輕的時候曾立志當作家。所以能同金庸先生您進行對話，我感到分外的高興。何況，在香港即將回歸中國的歷史性時刻，我能與素有香港「良知的燈塔」的聲名的先生您對談，真是深感榮幸啊！

金庸：非常感謝，過獎，過獎。所謂香港「良知的燈塔」稱呼殊不敢當。我那些小說並沒有什麼了不起，暫時沒有拙作的日譯事屬尋常，但也略覺遺憾。因而，對於此次的譯事當然感到十分欣喜。我很久以前已經拜讀過池田先生與湯恩比博士的對談集《二十一世紀的對話》，當時深受感動。今次有機會與先生您對談，對我而言乃是榮幸之至！

池田：豈敢，豈敢。其時，湯恩比博士曾對我說過：要開拓人類的道路，就只有對話了。你還年輕，希望你今後繼續跟世界的知識份子對話。這是他給予我的遺言。蘇格拉底也是位重視「對話」的名人。其弟子柏拉圖也將與師傅的對話寫成「對話篇」。

金庸：先生您說「對話很重要」，我也深有同感。中國的孔子留給後世的《論語》，就是他的弟子們以對話形式寫成的。

……

在兩位文化大師進行對談的秋天，日本出版界開始翻譯和出版金庸的武俠小說。日本青年漢學家、早稻田大學文學部的副教授岡崎由美作為交換學者到北京大學呆了一年，還專程去香港拜訪了金庸，並專門組織了一個翻譯組，由她主持翻譯金庸小說。池田大作很快得到了日文版的《碧血劍》和《笑傲江湖》，立即致信金庸：「在中文世界極享盛譽的大作，日本的文學界卻曾經不聞不問或毫無所知，以至時至今日仍缺乏金庸先生筆下斑斕多姿態的文學世界，不能不令人遺憾。因而，這個翻譯工程令人大喜過望。」

一九九五年六月，金庸應池田大作之請，為日本廣島的「中國和平紀念墓地公園」題寫碑銘，兩人一起出席香港國際創價學會主辦的「世界兒童繪畫展」、「世界青年促進和平文藝晚會」。在創價大學作演講，金庸說：「我雖然跟過去與會長對談過的世界知名人士不是同一個水平，但我高興盡我的所能與會長對話。我和池田先生是屬於同代人，我比池田先生虛長四歲。『虛長』是中國人禮貌性的傳統說法，表示年紀雖然大了四歲，然而並沒有在這多增的四年中有什麼進益和成就，等於是白活了歲月，所以是『虛』的。我們中國江南人的土話，則是說『年紀活在狗身上了』。」

池田大作笑着回答：「您太過謙虛了。我深感金庸先生的『大人之風』，您高壽七十二，七十之華誕，日本亦稱為『古稀』，是值得額手祝賀的。在您的七十二年的人生中，確實留下了『古來稀』的腳印。『有中國人之處，必有金庸之作』，先生享有如此盛譽，足見您當之無愧是中國文學的巨匠，是處於亞洲巔峰的文豪。而且您又是世界的『繁榮與和平之港』的香港輿論界的旗幟，正是名副其實的『筆的戰士』。」

池田大作的中文傳譯員洲崎周一回憶說：「我是池田先生和金庸先生對話的親歷者。最初是當時香港明報月刊的孫立川先生負責牽線的，他先是看了池田先生的書，之後他把池田先生推薦給了金庸先生，金庸先生表示很想見池田先生。見面後兩人非常投機，相見恨晚，對於世界上社會上的各種問題有共識，於是就有了對話的動機。」①

那天，洲崎陪池田去拜訪金庸，之後，他們在香港、東京等地曾四度相談，開始了一場極具社會影響力的對話，都是洲崎做翻譯的。這些對談的內容分為「人生觀」、「歷史觀」、「文學的角色」、「亞洲的未來」、「世界和平的方向」等，而以「九七問題：香港回歸」為起始討論的篇章。這是中國和日本兩位具有思想家風貌的傑出人士間的心靈對話，內容極其廣泛，持論精到中肯，時時顯露出機智銳利的鋒芒，而又頗多幽默風趣的氣息。翻譯時，洲崎感到好像為兩套百科叢書在建橋樑一樣，非常吃力。

洲崎周一的父親是日本人，母親是中國人，一九五三年生於香港，在香港讀書直至高中畢業，因而，他跟金庸早就相識。池田為訪華物色中文翻譯時，金庸托人將他介紹給了池田。

① 洲崎周一《中日友好需要千千萬萬個池田大作》，《東方新報》，第八五九期，二〇一二年七月十九日。

（三）

此後兩年有餘，兩位賢者在香港和日本多次會晤，對話是即興進行的，有時是在餐席之上，有時是在飲茶之際，有時正在欣賞山水之秀、庭園之美。其間，更曾魚雁往返，圍繞着香港回歸、言論自由、佛學哲理、文學愛好等問題認真討論。

兩人的談話變得越來越投機。

一九九八年，日本德間出版社翻譯出版《金庸武俠小說集》，金庸與池田會晤於日本東京，池田以記者的身份與金庸對話。

池田：期待已久的金庸先生的武俠小說集的日譯本終於開始刊行，日本讀者好評如潮，日本因此更了解您，我感到無比高興。為了日本的讀者更能了解，我想請您能回答我這個採訪記者的提問。

金庸：不敢當，請隨便問我。

池田：我們這一代青年的時代是一個不能與戰爭記憶分割的時代。去年春天，您在創價大學演講時，有位創大的學生向您提問：「金庸先生『站在民眾一邊』的理論是怎樣產生的呢?您簡要地作了以下回答：『我想對我影響最大的是我成長的時代。戰爭的年代是生活十分困難的時代，我看到民眾的苦難，因而就決心從此要與民眾站在一起。』」

日本對亞洲各國，特別是在中國犯下了許多野蠻的行徑，而數千年來，正是中國傳給了日本諸般文化，受此恩惠的日本應將之視為「恩人之國」，然而，不談「報恩」而還之以一犯再犯的罪行，真是罪不可逭。

金庸：在日本軍閥侵略中國期間，我就已知道日本有一部分有識之士反對這場侵略戰爭。戰後我數次旅行日本，曾會見好幾位日本當年反對侵華戰爭，戰後盡力對中國友好的社會領袖，例如：岡崎嘉平太先生，還有文化界的某些領袖人物，他們都是胸襟廣闊、有遠大見識的人物。

池田：我們日本人的心胸不夠闊大吧！戰後，日本沒有對中國道歉，反而是追隨美國的冷戰政策繼續敵視中國。直至最後仍反對中國加入聯合國，日本也有一份。然而，對於這樣的國家，中國卻抱着極大的寬容，說是：「犯罪的是日本軍國主義者，日本的民眾是無罪的。」我同周恩來總理會見時，就聽他說過：「中國沒有要求戰爭賠償，因為日本人民也同中國人民一樣，都是日本軍國主義的受害者。如果提出索賠的要求，結果要由同為受害者的日本人民來償還。」中國人民的這種高貴的心意，日本人做夢也想不到的，以後永遠不應該忘記！

金庸：我了解到，在日本當年以及今日的輿論氣氛下，池田先生公開對當年的戰爭表示譴責和負疚，不但需要明湛的智慧、關懷全人類福祉的仁人之心，更需要有大無畏的勇氣，那真是所謂「大智、大仁、大勇」。中國古代的聖人孟子說：「自反而縮，雖萬千人，吾往矣。」意思是說，仔細考慮之後，認為自己的主張是合乎正義、正理的，那麼就算有成千萬萬的人反對我、攻擊我，我仍是堅持自己的主張。能身體力行去貫徹始終的，那不就是池田先生嗎？

池田：您過獎了，不敢當。我的恩師戶田城聖先生曾說過：「日本只有獲得亞洲各國的信賴，才能稱為和平之國。」以心交心，正是我要付諸行動的打算，若非如此，日本會被孤立於國際社會之外。在那場侵華戰爭中，日本軍也對先生的故鄉（浙江）造成極大的破壞吧？

金庸：日本軍隊曾佔領大半個浙江，造大極大的破壞與損害。日本軍隊侵略我的故鄉時，我那年是十三歲，正在上初中二年級，隨着學校逃難而輾轉各地，接受軍事訓練，經歷了極大的艱難困苦。我的母親因戰時缺乏醫藥照料而逝世。戰爭對我的國家、人民以及我的家庭作了極重大的破壞。我家庭本來是相當富裕的，但住宅給日軍燒光。母親和我最親愛的弟弟都在戰爭中死亡。我中學時代的正規學習一再因戰爭而中斷，所以對中國古典文學及英文的學習基礎沒有打得穩固，到了大學時代及大學畢業後才憑自學補上去。不過戰爭也給了我一些有益的磨煉。我此後一生從來不害怕吃苦。戰時吃不飽飯、又生重病幾乎要死，這樣的困苦都經歷過了，以後還有什麼更可怕的事呢？

池田：日本人所犯下的罪行當然令人汗顏，但更令人感到可恥的是，許多日本人忘掉了這段歷史！我曾聽說中國人在辱罵人時用的最重的名詞是「忘八」。我想那也許是對忘掉了「孝、悌、忠、信、禮、義、廉、恥」這八個德行的人的貶義詞，對這種「健忘」的行徑十分輕蔑的。換句話來說，日本人大言不慚的政治家卻層出不窮。對於亞洲諸國的嚴厲批判的聲音充耳不聞，對於自己的「問題發言」（指否定侵略戰爭等的講話）侮辱了亞洲人民也置之不理，怎樣傷害了別人也毫不理解，當然連自己所表現的愚昧也不明白，這是許多人所指出的。「和平」，到頭來意味着要與這種「健忘」戰鬥。德國前總統魏茨澤克先生在德國投降四十周年時發表的著名演說中曾說：「對過去的歷史視而不見的人，到頭來現在也是瞎眼的人。」忘記過去，就不可能有真正的反省和贖罪心情，也不能誓言和平。日本人對於這種「歷史的健忘症」必須徹底地予以糾正。若非如此，就不能被世界視為朋友。①

① 金庸池田大作對話錄《探求一個燦爛的世纪》，北京大學出版社，一九九八，第七三至七四頁。

一九九八年，金庸與池田對話錄《探求一個燦爛的世紀》在中國出版。

池田大作在序言《人生何處不相逢》中說金庸：「他在面對巨大權勢時絕對不後退一步的風骨，而正是這種風骨中充滿着對人民群眾的摯愛之情，他時常注視着民眾這一原點，對之懷着風雨不動的『目光』。而這就是中國數千年歷史常傳承不衰的『大人』風骨。」「常言有所謂『筆鋒』，金庸先生就是以筆為劍，鋒芒畢露。『敵』者洶洶，從左從右而來，不管從哪裡而來都令人憎惡、驚恐。他們攻擊他、中傷他，甚至想狙擊他！我與金庸先生在香港、東京等地曾四度相談，領教菲淺。我曾問道：『那些壓迫很激烈吧！』他當即答道：『是的，但是，明白了是非善惡之後，我絕不對不合理的壓迫低頭屈服！』時時蕩漾着微笑，一副文質彬彬、慈和的群子風度，但卻有着不屈不撓的勇者的風骨和精神——這也許就是使讀者為之入迷，令人血脈賁張的武俠小說的秘密所在。金庸先生不僅文名赫赫，且是少數有成就的實業家。然而他沒有選擇那種對世事不聞不問，只顧自己安穩度日、優閑享受的生活，而是以『是否符合民眾利益』來作為發言的基准，也就是『為民請命』這種中國正直的士大夫之傳統，離開了『民眾』這塊大地，雖費千言萬語也是空洞之物，是毫無價值的論調。我認為，金庸先生關於香港回歸中國的過渡時期的談話，關於『文化大革命』本質的言論都是卓有遠見的。這是基於他一貫『站在民眾一邊的言論』立場，是慧眼獨具的論鋒。」

金庸作序言《不曾相識早相知》，表達對池田大作的欽佩：「聽說池田大作先生是我的前輩，感到又多了份榮幸。後來《明報月刊》總編輯潘耀明先生建議我和池田先生對話，我自然欣然同意，但恐自己名望與學養不相稱，有點不敢當。此後和池田先生對話以及在香港與在日本和他交遊，感到不但是知識上的交流，也是精神與友情的重大享受。我們並不是在一切問題上意見都是一致的，但我衷心欽佩他堅決主張日本應對侵略中國一事認錯道歉，佩服他力抗日本右派分子的恐嚇與攻訐而堅持正理的大勇，佩服他為促進世界和平、各國人民文化交流所作的不懈努力。」「池田先生提出中日邦交正常化等等，我覺得他在當時面對極右派之政客，是冒着生命危險，為中日友好努力，所以我是非常敬佩他的。」

這本對話錄相繼在日本的《潮》月刊、香港的《明報月刊》等雜誌上連載一年之後，池田與金庸再次在香港會面。席間，金庸說：「我們要把這個對談繼續進行下去，以後再出版續集吧！出完第一本對談集和續集，再過十年，我們再來出第三本的對話集。我期望池田先生今後繼續推動文化、教育交流活動，也期望和池田先生談多些關於人口問題，和平之道及世界未來的問題。這些都是我認為重要之課題。」池田說：「那種意氣風發的氣概，令人心情澎湃。對話和出續集，那也是我所期望的。」然而，金庸後來去了英國讀博多年，此事也就耽擱了。

金庸曾對香港國際創價學會的友人說：「池田先生對香港回歸方面所作之貢獻很大，我要給予池田先生最高之評價。作為一位外國人，這樣關心香港回歸之情況，我覺得非常感動。記得初次與池田先生談及香港回歸這問題時，我問池田先生：『很多日本人對香港回歸都表示並不樂觀，為何池田先生那樣樂觀呢？』當時池田先生這樣回答：『香港人很勤奮、努力，任何困難都可克服，所以我不同意他們的看法。』我很感謝池田先生這樣的判斷。我說我們就睜大眼睛朝着看，因為我們的意見是一致的。

池田大作對香港的熱愛表現於他贈給香港的一首長詩《光榮都市》，稱「香港正旭日高升」，「所以日本政治家對香港回歸不看好，但池田先生看好。」金庸說。

在生活中，金庸常常用池田大作的箴言教導兒女，重覆最多的是那句「人生中不能沒有爽朗的笑聲，爽朗的笑是『家庭中的太陽』」。

跋

一口氣同時出幾部書，是需要才情的，蔣連根老師有此才情，可貴，我更佩服的是他的研究苦功夫。

我說的是蔣老師幾十年做記者的耕耘和在定性研究上的造詣。蔣老師的書，是紮紮實實的二十年定性研究（qualitative research）。通過深度訪談（In-depth Interview），通過滾雪球抽樣調查（snow ball sampling method），此書所展示的是他厚積薄發的幾十年所獲，是他深入瞭解金庸的不為人知的另一面真實人生。

滾雪球調查是一種定性研究的創新型方式。主要是通過社會關係的連結點，層層接近可以接觸到的核心調查人物圈。很多歐美社會學家和社會研究如今都很尊崇這種方式。可惜曲高和寡，這種通過層層接觸核心研究人物方法非常費時費力，而且需要機緣巧合。

從二十世紀八十年代開始，蔣老師不辭辛勞，通過做記者的人際圈子和在出版界的合作夥伴，一位一位地聯繫調查，一點一點地收集積累，如今寫書出版了他調查研究而收穫的故事。在《金庸自個兒的江湖》（香港繁體足本增訂版《金庸的江湖師友》）一書中，可見他調查之細緻，積累之詳實厚重。

通過金庸與家鄉的聯繫和身為記者的採訪便利，他直接對話金庸，從未止步於此，還在世界各處尤其兩岸三地，尋找到金庸的弟妹、兒女、朋友、親戚、秘書，與他們深度交流，訪談，收集資料。受訪人物之眾，體現了此書的價值所在。

訪談的方法之外，蔣老師還進行了田野調查。他走訪了金庸在海寧的老宅，也踏足了金庸更深沉的婺源老家，去考察去觀察去和金庸故里族人一起體驗金庸的過去。

蔣老師的書是一份深度定性研究報告，是基於多元材料的可信賴有價值的研究。他做到了三角證實（triangulation）。他的定性研究方法而言，是多樣的，是豐富的，是創造的，值得每一位定性研究人員學習。

他的常用方法包括了member checking（每次寫作金庸事蹟，都要通過無數金庸身邊的人認可，成書以後把書寄給金庸進行member checking看金庸是否認可），research resource triangulation（研究資料三角剖分），interviews（訪談，電話，走訪訪談，書信訪談等），field notes（蔣老師曬過筆記），memo（寫作分析），documents（各種報章文書，文字資料），art facts（各種檔文物物品，如他所拍攝的照片，人物走訪手機的藝術品資料等）。

如果能夠收集到這些第一手資料，蔣老師一定有很多很多心得。任何定性研究者都沒有「定型」的方法。在於研究者本身的智慧、堅持、忍耐、毅力、變通、巧妙、靈活等等。或許，記者的身份和經驗給了蔣老師開始的契機，但是能夠最後成書，其中辛苦不言而喻！

我看了蔣老師這些年分享的資料和寫作歷程，覺得雖然在中國，定性，也叫質性研究（qualitative research）年會才開第四屆。其實這種研究方法早就已經被蔣老師深度採用在此二書的成書過程之中，遠超歐美社會類研究者的二三年的粗調研。

最後，本書是蔣老師跨躍兩個世紀的「舊學」「新作」。他說這部書叫《金庸自個兒的江湖》（香港繁體足本增訂版《金庸的江湖師友》）。

黃婷

於美國明尼蘇達雙城大學

二〇一九年年十二月三日

（黃婷，旅美博士，畢業於美國愛荷華大學和羅徹斯特大學。現任教於美國明尼蘇達雙城大學，研究方向多元，主要為定性研究、種族歧視研究、中文教育、社會文化理論、古典文獻等。）

心一堂 金庸學研究叢書

《金庸武俠史記〈射鵰編〉三版變遷全紀錄》 王怡仁
《金庸武俠史記〈神鵰編〉三版變遷全紀錄》 王怡仁
《金庸武俠史記〈倚天編〉三版變遷全紀錄》 王怡仁
《金庸武俠史記〈天龍編〉三版變遷全紀錄》 王怡仁
《金庸武俠史記〈笑傲編〉三版變遷全紀錄》 王怡仁
《金庸武俠史記〈鹿鼎編〉三版變遷全紀錄》 王怡仁
《金庸群俠身心靈診療室——蝴蝶谷半仙給俠士俠女的七十七張身心靈處方箋》 王怡仁
《金庸武俠史記〈書劍編〉〈碧血編〉——探尋金庸的修訂心路》 辛先軍
《金庸武俠史記〈白・雪・飛・鴛・越・俠・連〉編——探尋金庸的修訂心路》 辛先軍
《金庸商管學——武俠商道（一）基礎篇》 歐懷琳
《金庸商管學——武俠商道（二）成道篇》 歐懷琳
《金庸小說中的佛理》 鄺萬禾

《金庸雅集——武學篇》	寒柏、愚夫
《金庸雅集——愛情篇影視篇》	寒柏、鄺萬禾、潘國森、許德成
《金庸與我——雙向亦師亦友全紀錄》	潘國森
《金庸命格淺析——斗數子平合參初探》	潘國森
《金庸詩詞學之一：雙劍聯回目　附各中短篇詩詞巡禮》	潘國森
《金庸詩詞學之二：倚天屠龍詩　附射鵰三部曲詩詞巡禮》	潘國森
《金庸詩詞學之三：天龍八部詞　附天龍笑傲詩詞巡禮》	潘國森
《金庸詩詞學之四：鹿鼎回目　附一門七進士叔姪五翰林》	潘國森
《話說金庸》（增訂版）	潘國森
《總論金庸》（增訂版）	潘國森
《武論金庸》（增訂版）	潘國森
《雜論金庸》（增訂版）	潘國森
《金庸家族》（足本增訂版）	蔣連根
《金庸的江湖師友——影視棋畫篇》（足本增訂版）	蔣連根

《金庸的江湖師友——作家良朋篇》（足本增訂版） 蔣連根

《金庸的江湖師友——師友同業篇》（足本增訂版） 蔣連根

《金庸的江湖師友——學界通人篇》（足本增訂版） 蔣連根

《金庸的江湖師友——明教精英篇》（足本增訂版） 蔣連根

《金庸的江湖師友——金學群豪篇》（足本增訂版） 蔣連根